推荐序

为斯瓦米·拉玛大师的书《冥想》撰写序言令我非常喜悦。

许多年前，我曾有幸与拉玛大师相伴度过了一个月的时光。他在瑜伽，特别是冥想方面的见解独一无二。拉玛大师诚挚地相信，帕坦伽利瑜伽传承中冥想的概念与哈达瑜伽及密宗传承中冥想的概念是有区别的。他认为：冥想技巧的练习和冥想本身是截然不同的两件事情。在当今许多著作中，我们都可以观察到，冥想技巧被定义为冥想本身，但事实并非如此。如果我们仔细查阅帕坦伽利的著作，就可以看到他把阿斯汤加瑜伽[1]分为了两个部分：一个部分被他称为"外在的瑜伽练习"，另一部分则被称为"内在的瑜伽练习"。在这个划分当中，制戒、内制、体式、调息和制感属于外在瑜伽；专注[II]、冥想和三摩地属于内在瑜伽。这意味着什么呢？帕坦伽利非常明确地描述到：外在瑜伽是瑜伽练习者可以练习的部分，而内在瑜伽，则是学习者练习瑜伽后产生的结果。你无法做出内在瑜伽，它是自然地发生，不是人为形成。一般来说，我们生活在外部世界，借助感官来探知一切。但我们不知道如何进入内在的世界。当我们用视觉、嗅觉、触觉、味觉和听觉感知事物的时候，这五个感官使你忙碌于外部的世界。我们的认知以及被认知的事物促使我们不断地进行思考。然而，真正的冥想是没有思维、无念的状态。事实上，在冥想当中，你不需要阻止自己的思维，它会自发地停止。这种冥想的内在状态会使你发生意义深远的转化。

在本书中，斯瓦米·拉玛就冥想的方方面面进行了详尽的描述。他就如何正确练习冥想技巧和真正的内在冥想是什么做出了清晰明确的划分。他还探讨了冥想中的障碍、意念的功能、进入超意识或无念状态的技巧等问题。冥想是觉知而非思考，它属于内在而非外在。斯瓦米·拉玛大师，是伟大的瑜伽修行者，他的书中少有人云亦云的陈述，内容更多的是建立在直觉和经验的基础上。阅读他的书，你会发现许多实用练习技巧取代了枯燥的理论知识。因此，这是一本通俗易懂的指南，它将指导你正确地进行冥想练习并深入地了解自我。

我高度推荐每一位练习者阅读它。

印度国家瑜伽联盟主席
印度卡瓦拉亚达翰幕瑜伽研究学院院长
缇瓦瑞

注释

I 在印度传统当中,帕坦伽利的瑜伽经被称阿斯汤加瑜伽(Astangar-Yoga),这里的阿斯汤加瑜伽是指帕坦伽利的瑜伽,并不是指当代创立的阿斯汤加流派。

II 专注,也有人译为"总持",心专注于一处或一境的心识状态。关于"外在瑜伽"和"内在瑜伽"的各个方面,可参考下文的瑜伽八分支表。

瑜伽八分支

1	制戒* Yama	2	内制* Niyama	3	体式 Asnan
4	呼吸控制 Pranyama	5	制感* Pratyahara	6	专注 Dharana
7	冥想 Dhyana	8	三摩地 Samadhi		

---

*制戒：指为改进外在行为所需遵守的行为规范。包括非暴力（Ahimsa）、不说谎（Satya）、不偷盗（Asteya）、节制（Brahmacharya）、不贪婪（Apargraha）。

*内制：指为改进内在行为所需遵守的行为规范。包括纯净（Saucha）、满足（Santosa）、热情或苦行（Tapas）、自我研习（Svadhyaya）、敬奉神（Isvara pranidhana）。

*制感：又被称为"感官收摄"。

目录

原版序言　　　　　　　　001
原版前言　　　　　　　　009
第一章　何为冥想　　　　013
第二章　冥想的准备工作　031
第三章　冥想姿势　　　　047
第四章　冥想、意念、曼陀罗　067

第五章	呼吸练习	083
第六章	冥想进阶计划	111
第七章	冥想Q&A	131
附录 A	放松练习	147
附录 B	呼吸训练	153

原版序言

那是1973年7月的一天,在令人心旷神怡的明尼苏达州中部农场,一百多人聚集在这里,一起聆听斯瓦米·拉玛大师的系列讲座。我们将遮挡雨水和烈日的帐篷搭在了一座能俯瞰湖水的山坡上。斯瓦米坐在帐篷尽头一个低矮的讲台上。在帐篷的庇佑下,如茵的绿地上铺满了各式各样的毛毯、地毯和垫子,人们围拢在他身边。风和日丽,清风徐徐吹过,帐篷两侧的帘布不时被吹拂舞动着。这种让人失去时间感的氛围,恰恰诠释了面前这位大师对瑜伽的理解。

许多年过去了,斯瓦米·拉玛大师当年所传授的思想,如今已被许多人所熟知。但在当时,这些还都是新锐和具有挑战性的话题。在讲座开始时他说道:"每个人都同时属于两个世界——内在世界和外在世界。想要成就卓越的人生,我们需要懂得如何在两个世界间搭建桥梁。在这个世界上,极端的观点毫无益处,对生活也没有帮助。我们最好的选择就是控制自己的想法、感觉、情绪和冲动。"讲完这些,他开始了关于自我控制的讲解。

他阐述道:"控制并不意味着扼杀一切,但也不是过度放纵。这是一种平衡,要达到它就需要让大脑中飞速运转的部分慢下来。我们要学习新的方法认识自己,让心灵得到祥和与宁静。这种了解内在世界的方法就叫作冥想。"在简要介绍之后,他开始了冥想的教学过程。

这并不是我第一次聆听斯瓦米讲授冥想。八个月前,我们在一场探讨冥想和生物反馈关系的研讨会上曾经见过面。那是主会场旁一个单独的小房间里,斯瓦米和我坐下来,中间隔着一张茶几,他看了一眼放在桌上的我的脑电波记录——那是会场工作人员当天在便携机上准备好的。

"你冥想吗？"他问。

"不怎么冥想。"我回答说。虽经过多次尝试，但我总觉得那些浅尝辄止并不能算作冥想。

"你应该学习冥想！"他说，很快就让我入了门。我花了整个周末来学习冥想的目的、基础方法及实践。后来，又加入了他组织的一个小班继续接受培训。

在那些年，冥想知识的主要来源是斯瓦米推荐的书籍、文章和课堂讲义。我们做了很多笔记，相互分享；每当了解到新方法时就会不断改进自己的冥想。同时，有关冥想的概念也经历着不断清晰的过程。我们似乎都在问："冥想到底是什么？"

斯瓦米·拉玛经常说：冥想是对意识的引导，它是一条通道。当然，他在这里指的并不是与神灵的沟通。他解释道："冥想就像河水的堤坝一样，引导意识之流认识到自我的存在。冥想与其他行为一样，是一个循序渐进的过程。当你掌握了它之后，它会变得更加可信，引领你获得更深刻的体验。"

他教授的冥想方法与印度先哲帕坦伽利所描述的完

全一致。步骤是这样：首先关注身体，然后关注呼吸和觉知，最后集中在意念上。他建议我们"不要企图省略其中任何一步，不要跳着做！按部就班地按照计划练习就会水到渠成。如果你的方法正确，冥想肯定会让你获益匪浅。"

关于冥想练习技巧的讨论，经常聚焦在注意力集中的问题上。1984年在尼泊尔讲座期间，斯瓦米曾多次提及这一话题。他提醒学生：外部世界中的观点、形式和概念，在心理上是一个很难打破的习惯认知。人的意念在每天早上醒来的时候，就会重返这些心理上的建构，并且再次被它们所束缚。

他阐述道："老师的任务在于给学生一个新的关注点，将意念从固有的习惯模式中解放出来。"接着他用自问自答的方式解释着这个新的关注点应该是什么："老师的照片？爱人的名字？或者抽象的概念？这些都会让心忘记本来的目的而再次转向外在。""但是，"他接着说道，"曼陀罗（Mantra）[1]是不与外部物体关联的声音。这些声音的振动会产生一种形态，而它对你而言不是外在的。理解一个曼陀罗的含义是一个渐进的过程。在你听到它的时候，大脑中许多细小而混乱的波动会平息下来，消融在因专注而降临的和谐之中。你的生命会因此更为美妙与卓越。"

斯瓦米非常清楚：我们在冥想的时候，想法时常会偏离正轨。他以一种幽默的方式解释这个问题：那些幻想着玩乐的人，脸上会出现小狗崽儿一样的表情，而那些忧心忡忡的人却是一副深锁眉头的样子。他从来不错过任何一个机会提醒学生保持清醒。"冥想的目的不是为了在大脑的无意识部分上徘徊，而是为了形成一个通道，发现阿特曼（Atman）[1]的存在并引导它。阿特曼就是内在的真我。所以不要陷入沉思。"

自明尼苏达州讲座至今，已经过去二十年了，斯瓦米如今还像当年一样，在印度进行着相同的系统培训。在恒河河畔的隐修所附近，他会这样提醒学生们："每天都要定时练习。"他说："让你的自我来到意识的中心。你必须知道，你就是和平、幸福和快乐。自由是你的本性，要反反复复地体验它，直到它与你同化。"他接着说道："在这段旅程中，你不会失去任何东西。我们只是在这个看得见的世界进进出出罢了。出生是一种到达，死亡是一种离开。你在这个世界上只是一个过客。冥想能帮助你理解这个现实。"

《冥想》这本书为大家介绍了理解生命旅程的一种方式，解开我们的存在之谜。书中所讲述的内容意义深远，并辅以系统化的技巧。它的主题就是每一个人的自我转变。我希望在阅读此书的过程中，你会对冥想产生兴趣，并让它慢慢萌芽，直到有一天如花般绽放。尽管在日常生活中，我们依旧会遇到各种不尽如人意的事情，但希望冥想能够赋予生命以安宁。

心理学博士

罗尔夫·索维克

注释

I 曼陀罗（Mantra），一组音节或单词，与特定的能量振动相对应。学生刚刚开始由资深老师带领学习的时候，使用曼陀罗作为冥想的对象。在进行了一段时间的练习之后，曼陀罗能够逐渐将我们的冥想引领到深层状态。无论在冥想时还是日常生活中，对曼陀罗进行不断的重复，它的力量和内在意义会随着潜在精神能量的释放而逐步展开。

II 阿特曼（Atman），指自我、本我、真我。

原版前言

本书旨在为大家提供清晰、系统的冥想基础指导，介绍实用且循序渐进的方法，而非纯粹的哲学或理论探讨。书中介绍了非常重要的冥想预备练习，这些基础练习能够有效地提升冥想质量。

数千年来，探索者们在冥想领域进行研究与实践，寻求更为安宁、积极和圆满的人生。冥想能够改善人们的健康状况，提升人际关系，增强处事技巧，相对于其他修身养性的方法，它自有其独特之处：我们可以通过冥想进行全方位的自我认知，并最终引领自己到达内在意识的核心。这个核心或更高的自我叫作阿特曼（Atman），意识正是从这里流向生命的各个分支。

当探索者全然体验到阿特曼在自身中的完整存在时，他的内在就会得到全然的满足，不会再被物质世界和自己的思绪所烦扰。此时，他融入了阿特曼之中，这种喜乐的内在状态就叫作三摩地（Samadhi）[I]。达到这个阶段时，所有的疑问都将烟消云散，所有的烦恼也将不复存在。

基础练习很容易掌握，而且你会发现，越是坚持练习，效果就越显著。在初级阶段，你会感受到简单的变化，比如心境更为平和了，压力得到了舒缓。而随着练习的不断进步，你会发现自己更深层次的变化。只要坚持不懈地规律练习，这将是一次非常愉悦的内在之旅。

事实上，实践领域的冥想知识博大精深、趣味横生，因此你很可能有兴趣了解瑜伽的其他方面，例如瑜伽体位法（Asanas）[II]、呼吸控制法（Pranayama）[III]，以及瑜伽中健康方面的知识与潜在的哲学及心理学。

祝愿大家享受这段旅程，并从中获益。

斯瓦米·拉玛

注释

I 三摩地（Samadhi），正心行处。它是王瑜伽（Raja Yoga）八分支中的第八支。在这个平静的状态里，人们不再出现意念的波动。

II 瑜伽体位法（Asanas），原文字面含义是"坐着"、"位置"或"体式"。它是王瑜伽八分支中的第三支，强调稳定和舒适的坐姿。后来它演变为名叫哈达瑜伽的运动文化学科，这个词意为一套体式。

III 呼吸控制法（Pranayama）是对普拉那能量的自主控制，普拉那（Prana）是我们生命内在的能量。呼吸控制法是王瑜伽的第四支。在高阶瑜伽练习中进行呼吸控制法的练习，通过逐渐延长和控制生理呼吸实现控制普拉那在身体中的流动。

第一章 何为冥想

有些学者将内在的本性叫作"三摩地",而另一些人则称之为"涅槃",还有些人把它叫作"圆满"或"开悟"。它当然也可以是"合一"。词汇和标签一点都不重要。

"冥想"这个概念存在许多不同的解读，这为我们正确理解它带来了困惑。究竟什么是冥想？应该如何练习冥想？有些人误用这个词来表达思考或沉思，还有些人用它来指做白日梦或幻想。事实上，这些都不是冥想。冥想是一种截然不同的境界，充分理解它的含义格外重要。

　　它是一项独特的技能，能使大脑得到休息，达到与平时完全不同的意识状态。冥想的时候，你是完全清醒和觉察的，大脑不会去关注外部世界或周围发生的事情。你的意识并没有沉睡、做梦或幻想。相反，它是清晰、放松和专注于内在的。

　　"冥想（Meditation）"这个词的英文单词词根与"医药（Medical）"和"医治（Medicated）"等词的英文词根

接近。这一词根有注意、关注某物的意思。就"冥想"而言，你关注的是自己平时难以觉察的维度，是最深入也最内在的层面。这些深入的层面极其奥妙，远远超过思考、评判、幻想或情感的体验与记忆。冥想需要的是这样一种注意力：它平静、专注，但同时又是非常放松的。要形成这种内在的专注力并不困难，事实上你会发现冥想本身就是一个有利大脑休息的过程。在初始阶段，最大的困难在于我们的意念从未经受过具备内在专注力的训练。

纵观世界各地，我们会发现：人们接受教育都是为了学习在社会中谋生的技能——如何交谈、思考和工作；如何对事物进行调查研究；如何去体验外部世界等等。人们研究各种学科，如生物学、生态学、化学等，并用学到的知识去了解这个世界。但是，学院也好，综合大学也罢，没有一所学校会教授我们如何探索和关注我们自身的内在。我们只知道去模仿他人的理想，跟随风尚，追求那些社会的主流价值，却从未对自我有过深入的了解。这让我们缺乏对自己的认识，不得不依赖别人的意见或建议。

冥想是独特、精细、准确的方法。这个简单的注意力训练,可以让我们对身体、呼吸和意念进行全方位的自我了解。随着时间的推移,习练者的愉悦感会增加,思维变得愈加清晰,洞察力也会得到提升。你将享受冥想所带来的积极效应。伴随着这些轻松的体验,你还会感受到生理、神经和精神的压力也得到了释放。

这本冥想指南提供了练习的系统指导,回答了入门阶段最常见的问题。有了这些技巧,你就能够随时开始练习了。之后,在冥想中的某个阶段,你需要有经验的冥想士指导你取得更大进步。这本书将帮助你掌握最重要的基础练习。你会发现,要取得冥想的进步,在身体层面你几乎不需要做任何特殊或吃力的事情,也无须养成奇怪或陌生的习惯,更不需要耗费太多精力或大量时间。在享受冥想的同时,你的身体将更加放松,思维会更具创造性,意识也将更加专注。你甚至还可能会发现,自己的健康状况和人际交往都得到了极大改善。

在初始阶段,冥想具有理疗作用。它能够放松紧张的肌肉与自主神经系统,将我们从精神压力中解放出来。冥想使人获得安宁的情绪,降低我们对压力的应激反应,增强免疫力。即使你只是练习几天,只要全身心投入,也能起到控制食欲,甚至在一定程度上化解愤怒的作用。冥想还能减少你对睡眠的需求,使身心更具活力。以上是我们在各行各业的学员们身上观察到的变化。

作家、诗人和思想家通常会希望自己更富创造性和觉察力,而直觉是所有知识中最精细、复杂的一部分。冥想能够系统地帮助我们在日常生活中提升这种内在的智慧。

冥想对健康也有着重要的影响力。现代社会中,大部分疾病可归因于心理压力——由心理失调、思考过度及情绪变化所引发。近来科学家们开始意识到,仅仅采用保守药物治疗或传统的心理疗法,并不能彻底治愈这类疾病。因为如果病源是心理和情绪反应,那么仅仅凭借外部治疗,又如何能恢复健康呢?依靠外在的疗愈方法,而不去了解自己的心理和情绪,就很可能会对治疗师或医生产生依赖。相比之下,冥想却可以让你依靠自己的力量去获得内在的动力,从而更有效地处理生活中的所有问题。

冥想是一个过程……

在冥想的过程中,我们让意念放下对问题的思考、分析、回忆、判断,以及对过去的执着、对未来的期待。我们减缓大脑的思考与感受速度,并用内在的觉察和专注力来取代它们。因此,冥想并不是对问题进行思考或对现状进行分析。它也不是幻想、白日梦或是让思绪漫无目的地飘荡。冥想不是自我与自我的对话或争辩,也不是某种强化思维的过程,它只是一种非常简单、安静、不费力气的专注与清明。

冥想中,我们应当尽量避免胡思乱想、浮想联翩,连那些平时稍纵即逝的思绪和联想也都要尽量舍弃。当然,这并不等于说我们要完全清空大脑,事实上这也不可能。我们这样做只是让意念专注于某一个特定的对象或物体,因为这将引导注意力转向内在。通过内在的关注,我们在精神层面就能避免产生压力的思维过程,比如担心、筹划、思考和评判。

冥想练习者可以使用内在的工具来使意念获得集中。大部分情况下,最常用的是声音,但有时也会用到视觉图像。声音和图像既可以是具象的，也可以是抽象的，这要根据练习者的思维方式来决定。这种用来集中意念的声音叫作曼陀罗，它在我们的精神层面会产生强大影响。

曼陀罗可以是一个词、一句短语、一段唱诵，或仅仅是一个音节。将注意力集中在这上面，可以帮助练习者不再进行那些无意义的、混乱的思维过程，从而进入更深层次的自我。不同种类的曼陀罗，在全世界各地被广泛应用，比如Om[I]、Amen[II]和Shalom[III]等等。这些声音都是为了让使用者集中意念。本书会向读者介绍一个简单易学的曼陀罗，经常使用它会取得显著效果。

全世界的各类心灵修习传承都会使用声音系统：他们念诵一个音节、一组词语或发出某种声音，就像我们所说的曼陀罗一样。这是一门极为博大精深的学问，而只有那些在这个领域出类拔萃的人，才能引领学生们走上正途，因为这门学问指向内在。练习者在初期的实践中无须老师的指导，因为这一阶段的内容非常简单且易于操作。可一旦练习者开始面对自己的意念，就需要有合适的曼陀罗来进行辅助。使用深谙冥想传统的老师所传授的曼陀罗，对练习效果会产生更为强大的助益。

有关曼陀罗的文字和古籍浩如烟海。瑜伽科学的集大成者帕坦伽利曾提到：曼陀罗是所有内在觉知的源头。因此它也被认为是连接尘世和不朽之间的桥梁。当死亡来临时，身体、呼吸、自我意识会与无意识及灵魂分离，这时冥想者此前记忆的曼陀罗便会在无意识上继续留下印迹。这些印迹作为强大的动力源能够对习练者有所帮助，使未知的死亡之旅更加容易。

曼陀罗是意识的焦点和支撑点。老师会根据练习者的心灵状态及渴望探索内在真知的强烈程度，来为其挑选适宜的曼陀罗。

正如爬山可以走不同的道路一样，冥想的技巧也同样有许多选择，不尽相同。但它们的目标是一致的，即实现内在的专注、祥和与安宁。任何能够协助你达到这种状态的练习都是有益的。在这个前提下，世界上的各种冥想方式之间其实并没有太大区别。

有时人们会纠结于比较冥想方法的异同，热衷于争论哪个流派、哪位老师"最好"。优秀的冥想老师会承认并尊重方法的普适性，而不会刻意推销自己擅长的某种技巧——冥想是用来探索内在维度、逐步了解生命各层面的有效途径。只要老师不自大、不执着于某种特殊的方法或坚称自己技高一筹，那么他所进行的传授，就是值得肯定和富有价值的。

练习者在初始阶段的思维还不够清晰，不能辨别和掌握正确的冥想方法。此时老师个人的冥想方式很可能会影响初学者。遗憾的是，某些老师自己都不进行冥想的练习，他们并不十分真诚。许多学生为了找到真正的冥想方法，不断地更换老师，结果白白浪费了宝贵的学习时间。在耗费了大量的精力和财力之后，很多学生可能会非常失望和沮丧，最终放弃所有努力。在瑜伽的传统中，我们有时会讲，如果世间真的存在罪过，那么老师误导诚心求学的学生就是其中最好的例子之一。

当我们仔细审视生活，就会意识到：从幼年开始，我们接受的教育就仅仅止于观察和了解外部世界。从来没人教导过我们，应当如何向内看、发现和了解内在。因此我们在渴望了解别人的同时，对自己而言却依然是一个陌生人。由于缺乏自我了解,我们的人际关系并不那么称心如意,生活中也常常充满了困惑与失望。

事实上,常规教育体系只开发了我们大脑的一小部分。而另外负责做梦、睡眠以及用于存储所有经历的无意识领域,仍不为人知。它们从未经受过训练并难以被控制。我们的心可以掌控整个身体,但身体却不能掌控精神。除了练习冥想,没有其他真正能够控制全部意识的方法。

我们懂得在外部社会中应当如何采取行动才是恰当的,但却从不知道该如何让内在世界安静下来,并了解其中包含的奥义。我们不应该让保持祥和与安宁成为一种特殊的行为或宗教仪式,因为这是人类自身的普遍需要。冥想时我们会获得一种难以名状的喜悦,它能够让我们达到人类已知愉悦感的顶点。世上其他任何形式的喜乐都是稍纵即逝的,但冥想所带来的积极感受,不仅非常强烈,而且能够持久。这么说并不是夸夸其谈,古往今来的圣贤们已经证实了这一点。他们有的已获得真理、离开人世,有的还在世间生活却不受世事的纷扰。

我们的大脑总是有一个倾向，就是用过去的思维模式去想象未来可能发生的种种。它并不懂得如何应对当下和面对此时此刻。只有冥想能令我们充分体验当下并连接永恒。在冥想技巧的帮助下，意识转向内在，获得力量，进入自我更深层次的存在。意念本身并不制造分裂或偏离，它可以令人全然专注，这也是冥想的前提。那些已经知晓这一事实并开始习练冥想的人是非常幸运的，而那些坚持进行冥想的人则更加幸运。最幸运的是那些将此列为头等要务的佼佼者，他们定期进行练习。

要开始这条道路，就要清晰地了解冥想的含义并选择适合自己的练习方法，在一段时间内进行规律练习。如果可能的话，最好每天在固定的时间进行。不过，在现代社会中，许多人很快就会变得不耐烦，不仅没练多久就选择放弃，还会得出这样的结论：完全没有价值，毫无意义。他们就像种下了一颗郁金香球茎的孩子，只因在一周之内没看到花朵就沮丧不已。其实，如果你定期冥想，肯定会有进步，这几乎是不可否认的事实。

在练习初期，进步可能会表现在放松身体和稳定情绪方面。然后你会感受到更多微妙的其他迹象。冥想的重大效果和利益并不会突然出现，也不容易被察觉，但随着你的坚持和时间的推移，它们将慢慢呈现。后面我们将介绍如何评估你的进步以及何时可以进入更高级别的冥想。

而在结束这个话题的讨论之前，我们澄清一下经常与冥想混淆的一些精神状态。

冥想不是……

冥想不是沉思或思考。沉思的确有益，特别是那些有关真理、和平与爱等积极理念的沉思。但它与冥想的状态不同：沉思的时候，你需要深入理解一种观念，开动脑筋去思考某种想法的意义和价值；但当你冥想的时候，你却不会让自己的大脑去思考任何观念，而是远远超越这些精神层面的活动。虽然在冥想体系中，沉思作为特殊的练习也会被偶尔使用，但它只是一项单独训练。

冥想也不是催眠，更不是自我暗示。在催眠过程中，大脑会受到来自自己或他人的暗示，内容有可能是："你越来越困（或放松）……"因此，催眠会试图安排、操纵、控制意念,让其相信某事是有益的,或是让大脑沿着某个方向进行思考。有时,这种提示是有效的,因为暗示的力量非常强大。但不幸的是,消极的暗示同样也会对我们的方方面面产生破坏性的影响。

相反,在冥想的时候,你不需要给大脑直接暗示或试图控制它。要做的只是观察它,让它安静下来。允许曼陀罗带领你深入自我,探索和体验更深层次的存在。从冥想的角度来看,催眠具有潜在劣势,比如它会与大脑形成冲突,因为大脑对外部提示会产生微妙的抵触。催眠或暗示这类行为或许有医疗效果,但我们却不能将冥想与它们混为一谈,这一点尤为重要。圣贤们认为,冥想恰恰是催眠的对立面——它是一种清晰的状态,完全不受外界的影响和干扰。

冥想不是宗教。冥想并不通过某种奇怪而陌生的练习改变你的信仰或文化背景。它与宗教毫无关系,而是一项实用、科学并且系统化的技能,一种可以帮你全方位了解自我的路径。冥想不属于世界上任何一种文化或宗教,它是一种纯粹而简单的方法。冥想探索生命内在的维度,最终使你安住在自己的本性之中。有些学者将这种内在的本性叫作三摩地,而另一些人则称之为涅槃(Nirvana),还有些人把它叫作"圆满"或"开悟"。它当然也可以是"合一"。词汇和标签一点都不重要。冥想的目的是提升内在精神境界,而不是宣扬某种宗教。

社会上某些人推广的所谓冥想练习,实则掺杂了其他的宗教观念和文化价值。练习者会因此担心冥想扰乱他们的宗教信仰,或者他们必须放弃自己的文化背景去适应另一种习俗。然而事实并非如此。宗教所传授给人们的是去信仰什么,而冥想带给你的则是直接的自我体验。两个体系之间不存在任何冲突。崇拜是宗教的一部分,比如祈祷就是与神灵的对话。你完全可以做一个虔诚祈祷的教徒,同时,又是一个掌握冥想技巧的练习者,没有必要为了冥想而信奉或拒绝某个宗教传统。冥想的练习应当纯粹、系统、有次第地进行。

冥想时,你需要学会:

如何放松身体;

如何以舒适、稳定的姿势进行练习;

如何让自己的呼吸平缓安稳；

如何平静地目睹自己的思维如装满货物的火车一样在大脑中奔驰；

如何评估思考质量，提升正面、有益于成长的思考；

如何保持专注，在任何情况下都能不受干扰。

本书将系统地讨论以上所有问题，使你的冥想愉悦、深入且有效。练习冥想的时候，如果你能清晰地了解冥想的概念，再加上适宜的技巧与态度，它就会令你精神焕发、精力充沛。在理解冥想的基本背景之后，我们将进行下一步：为冥想做好准备。

注释

I Om基本和Aum是一致的,代表宇宙绝对真理的声音。根据瑜伽文献《奥义书》,Aum由三个字母组成,A、U和M,分别代表了觉醒、睡眠和深入睡眠状态。念过Aum之后有一段时间的沉默代表超越这三种意识的常态的绝对状态或超验现实。Aum是最高级别的曼陀罗,是代表最高存在和知识的符号。

II Amen,阿门,希伯来语,意为"但愿如此,实实在在的",是犹太教、基督教祷告和礼拜时的宗教用语。

III Shalom,希伯来语,意为"和平,平安",也是基督教中经常使用的词汇。这里用"Amen"、"Shalom"这两个词表示曼陀罗在世间各方面的广泛使用。

第二章　冥想的准备

冥想不需要任何特殊或不寻常的条件，地点可以是家里、乡村、城市、海边、山中，任何地方。

冥想中最重要也最常被忽略的步骤就是前期准备。没有适当准备，生理、心理和情绪上的干扰都会限制冥想的深度与广度。当身体状况不佳或不在状态时，这些生理方面的原因肯定会给练习造成障碍和困扰。

最常见的生理问题包括：由于疾病和紧张造成身体不适或放松困难，无法舒适端坐；感到疲劳或困倦；日常压力造成的不安、紧张和烦躁；饥饿或暴饮暴食等饮食问题。对生活方式加以改善能消除以上大部分问题，防患于未然。当然了，即便感冒或身体不适时你仍可坚持冥想，但你恐怕会发现，生病带来的不适、疼痛或注意力的不集中确实会妨碍练习。所幸冥想会使你对许多生理过程变得更敏感，你将更加了解身体的需要，从而预防疾病、保持健康。

在本书中，我们将给大家推荐解决上述问题的具体方法，并介绍有针对性的练习，以消除生理上的紧张和压力。此外，本章还会探讨食品和充足睡眠的问题。关于这两者如何对练习产生影响也将进入我们的阅读视野。

基础指导

一个高级瑜伽冥想者几乎可以在任何地方进行习练。但对大多数人而言，了解一些基本规则，会使冥想进行得更为顺利。它并不需要任何特殊或不寻常的条件，冥想地点可以是家里、乡村、城市、海边、山中，任何地方。当然，如果这个地方相对安静、整洁、祥和、舒适，则更为有利。

理想状况下，一个单独的房间或屋子的一角可以作为冥想的专用空间。这里要空气流通、相对舒适，不能堆满东西、布满尘埃。冥想的地点相对整洁、安静更为有利。习练场地最好与工作区分开，远离厨房、电视和电话，避免他人的打扰。同样，避开办公室这样的场所也是非常明智的，因为那里总会有事务让你分心。选择房间中安静、舒适的角落，但不建议在床上进行冥想，因为那里会让你联想到睡眠，从而很难保持警觉和清醒。我们在下一章会介绍到：无论是坐在椅子还是地板上，有一个专门用来冥想的空间，对你会很有帮助。

冥想可以在任何时间进行，白天或者夜晚都可以。不过在传统上，最佳时段是清晨和深夜，因为这时周围都安静了下来，不太可能被人打扰。人在这两个时段是最纯净和最有觉察力的，因此它们是冥想的最佳时间。尽管如此，人们工作和生活的琐事仍可能对冥想的时间安排造成不小影响。

如果你已经有了孩子，那么孩子睡着之后，或许会是最适合你的冥想时刻。起初，选择一两个时段，每个时段大约练习5—15分钟即可。这样既不会给他人造成不便，也不会受到打扰，更不会使你忽略自己的职责，感到紧迫。同时你也无须赶着去办其他的事情。最简单的调整日程的办法就是早起一段时间，或是在睡前进行冥想。

每天在固定时间冥想会取得最快的进步。养成这个习惯,让它成为你日程中一个固定不变的部分,这对于深化练习极为有益。即使每天的日程都不相同,也要尽可能找到合适的时间并坚持下去。这样做有利于消除因懒惰和拖延而产生的心理抗拒。

下面了解一下冥想整个过程的五个步骤:

第一步:清理

首先,身体要做好准备。当身体感到精力充沛、舒适、轻盈、放松的时候,冥想是最容易顺利进行的。淋浴,或者只是简单的洗脸、洗手、洗脚都有助于找到这种清新的感觉。如果在清晨,冥想之前完成排泄,身体会感到更加舒适。

第二步:伸展

有些人发现,在一整晚的睡眠之后,身体会僵硬酸痛。遇到这种情况,洗一个温水澡并做一些缓慢的伸展练习,能够帮助身体恢复到适合冥想的状态。

哈达瑜伽体位法是专门用来保持身体健康并使其变

得足够强壮、柔韧的练习，它会使你更加舒适地适应冥想坐姿。《瑜伽：基础精通》[1]（*Yoga: Mastering the Basics*）一书中讲解了一些可作为冥想准备使用的基础体式。如果条件允许，最好能够跟随有资质的老师进行一对一的学习。

拉伸并活动背部以及双腿能够有效增强冥想坐姿的舒适度。即便只是几分钟的拉伸或体式的练习，也能够极大地改善你的冥想体验质量。与长时间的有氧锻炼不同，哈达瑜伽体式既不会让你感到疲惫，也不会让身体过度兴奋。相反，体式会柔和地唤醒你，帮助你放松肌肉，减轻精神压力，集中注意力。所以，在冥想之前至少需要5—10分钟的时间用于拉伸身体，做好充分的热身准备。

第三步：放松

完成伸展练习之后，进行简短的放松练习会十分有益。舒适地平躺下来，让背部紧贴地板或垫子。在头部下方垫一个薄的垫子，身上盖一条毯子或者披肩。双臂置于身体两侧，手臂与躯干微微分开，掌心向上，双腿以舒适的距离打开。确保身体重量均匀分布,没有扭转或倾向一侧。头部要摆在中央位置,不要倒向一侧,否则会给颈部造成压力。这个放松体式名叫摊尸式(Shavasana)[11],因为在这个体式中你只需安静、放松地平躺着。轻轻闭上你的双眼,花几分钟时间关注呼吸:用鼻子轻柔地吸气,再用鼻子缓慢地呼出来,吸气和呼气之间不要有间断或停顿。

以这种姿势平躺着,就可以引领自己做简短的放松练习了。按照顺序关注自己的每个主要肌群,再逐渐关注整个身体。本书附录中详细介绍了这项练习。如果你感兴趣,还可以使用辅助放松的音频、录音带。练习时间不宜过长,不应超过10分钟。你的意识要保持清醒,因为对于大部分人而言,此时大脑都更倾向进入睡眠状态。

第四步:大脑与神经系统的放松

呼吸是一种强大的力量,对身体的紧张程度、大脑的稳定和清晰度都会造成巨大影响。冥想前,使用专门的坐姿进行瑜伽呼吸练习,可以使精神趋于平静,有助于内在的专注、集中与稳定。某些学生一开始会抵触,不太愿意在这些练习上耗费时间。但是，一旦完成这些练习，你会发现它们对深化冥想极其有效。呼吸的状态对情绪的平衡和心理的稳定能起到神奇的作用。稍后我们会介绍几种特定的呼吸练习，它们将为冥想带来至关重要的益处。

第五步：冥想坐姿

完成呼吸练习后，你就可以开始进行冥想了。采用冥想姿势坐好（具体坐姿将在下一章详细进行讲解），让心念关注你使用的曼陀罗，或是通用的曼陀罗"So Hum"。这个声音与呼吸节奏有一种特殊的协调：呼气，默听"Hum"的声音；吸气，默听"So"的声音。

慢慢让你的呼吸深长而柔和。静静地坐着，将意念集中在曼陀罗上。持续以舒适的坐姿练习，让心平静下来并向内专注。只要你没有不适感并且时间充裕，就一直这样坐下去。在准备结束冥想的时候，先让意识回到呼吸上，然后再过渡到身体上。用双手手掌轻轻覆盖眼睛，睁开双眼目视掌心，渐渐地把意识从对内的感受转移到外部世界。我们在下一章将详细介绍冥想中意识的变化，以及如何控制意念。

综上所述，练习顺序应按以下步骤进行：第一步，沐浴或其他清理准备；第二步，伸展练习或瑜伽体式；第三步，放松练习；第四步，呼吸练习；最后一步，冥想。

在结束本章的讨论之前，关于冥想的准备，还有以下一些重要因素应该引起特别重视。

影响冥想的其他因素

在瑜伽哲学中描述了人的四种原始本能——食物、性、睡眠和自我保护，它们是激发所有人欲望的原始动力。如果想要提高冥想水平，必须有效管理这四种原始本能，因为它们的失衡会造成生理影响和情绪波动，严重破坏练习者的专注力和冥想效果。

从冥想的角度来看，健康的饮食主要包括没有过度烹调、加工、煎烤的食物，它们不油腻而且新鲜，制作简单。这是为了避免出现消化问题扰乱冥想。新鲜、简单的天然食品不仅营养丰富、容易消化，而且非常益于健康。

就餐的氛围也要愉快。在现代社会中，丈夫、妻子和孩子一整天都在外面忙碌，只有在晚饭时间才有机会聚到餐桌旁，交流一天中的见闻。这个时间不要变得不愉快或消极，全家人对此应达成共识。古人说过：愉悦是最有效的良药。掌握这个秘诀的人都知道，在吃饭的时候心情应当舒畅。处于愉悦状态的大脑对消化系统和内分泌系统会产生巨大的正面影响。

一旦我们懂得了身体的功能和它的语言，就可以预防许多不适与疾病。当我们在愉悦的环境中用快乐的心情进食优质食物时，就会有效分泌唾液和消化液帮助消化。反之，心情抑郁或在用餐时进行激烈而负面的讨论，则会导致消化系统紊乱。

所有的食物都要经过充分咀嚼。如果想要最好地享受食物，最佳方式便是：减慢进食速度，细细品味。良好的消化还需要充足的水分，新鲜的水果和沙拉应当成为饮食的一部分。

要避免暴饮暴食，因为这会引发许多健康问题。饭后应当清理口腔和牙齿，接着让消化系统休息，正餐之间不要吃零食。如果想进行冥想、性交或睡眠，应至少在用餐后四小时才可以。饭后立即上床睡觉是不良的生活习惯。

消化过程本身，以及身体对食物的反应，对冥想有着巨大影响。事实上，在大量食用肉类后的3—4小时内是不能进行冥想的。所以，清晨是最佳的冥想时间，因为这时你的身体已经消化掉了前一天的食物，变得清新而轻盈。而在晚上，假如你很晚才吃饭又食用了过量食物，那就要等到深夜才能真正集中精力进行冥想。

显然，不同种类的食物在人体内的消化过程也不同。蔬菜、水果、谷物这类轻盈、新鲜的食物，需要的消化时间比较短；而油腻的高脂肪类食物，就需要数小时才能完全消化。进一步说，你会越来越明显地感觉到：在进行冥想时，某些食物有助于大脑的清晰与放松；与此相反，另一些食物则会引起各种各样的干扰——某些种类的食物会让你变得烦躁不安、情绪紧张；另一些则会让你在冥想时昏昏欲睡，身体感到沉重。随着不断尝试自己对食物的反应，你会逐渐掌握它们中的哪些会影响你的精神状态。

冥想并不需要你成为素食主义者。事实上，如果你不懂得如何安排均衡的素食，饮食模式的突然改变会导致许多问题。因此，要温和地对待自己。营养均衡的素食包括：新鲜的水果、乳制品，烹饪得当的蔬菜、谷物和脂肪含量低的豆类。如果你决定改变饮食习惯，可以参考如《素食变革》(Transition to Vegetarianism)[Ⅲ]这类书籍寻求帮助。

食物和饮品会强烈影响冥想的深度。随着练习的不断深入，食物（以及许多其他事物）对你的吸引，会逐渐转向更健康的方向，你会越来越善于观察它们给你带来的微妙影响。许多习惯大量饮用咖啡、茶和其他含咖啡因饮料的人开始注意到，这样的饮品会带来身心的躁动。关于食物如何影响冥想和觉知的话题非常重要，完全可以写成一本书。下面是一些基本建议：

大量食用肉类后要过3—4个小时再进行冥想；

关注你的饮食内容，以及它对你当日冥想的影响；

选择新鲜、健康、易于消化的食物，可以使你思维清晰并且身心平和，这对冥想来说至关重要；

另外，你很快会注意到，酒精及其他易导致情绪发生波动的致幻剂、麻醉品会严重干扰冥想。没有任何一个真正理解冥想的人会认为毒品有助于达到更深层的冥想状态，因为它们会让身体躁动，让意念分散。而酒精则会制造一种迟钝嗜睡的状态，给冥想造成障碍。大部分人发现，伴随着自己在冥想中体验到的稳定感的增加，这些物质对他们的吸引力也在慢慢减少。

睡眠与饮食一样，对冥想有着显著的影响。睡眠严重不足会让你在练习时昏昏欲睡，难以保持清醒。但睡眠过多同样会破坏冥想，使人无精打采、昏昏沉沉，无法集中注意力。

睡眠是一个有意思的过程，你在练习冥想的时候对它进行观察会很有趣。大体来说，随着练习质量的提升，睡眠的需求会降低，因为冥想为身心提供了更深度的调养。

冥想对你而言会变得日益重要，你将渴望找到合适的时间进行练习，好让自己能保持清醒和觉察。冥想会渐渐成为你日程中最重要的事情，食物、睡眠和其他活动，都会支持而非阻碍你的冥想。

注释

I 《瑜伽：基础精通》（*Yoga: Mastering the Basics*）是由桑德拉·安德森和罗尔福·索维克合著的一本讲解瑜伽体式、呼吸、放松、冥想、生活方式和哲学基础的综合性介绍书籍，适合瑜伽入门使用。

II 摊尸式（Shavasana），仰卧放松的姿势。在瑜伽中是非常重要的休息体式。

III 《素食变革》（*Transition to Vegetarianism*）是由鲁道夫·巴伦坦所撰写的一本关于素食主义的书籍。书中为想要改变饮食习惯的素食主义者提供了最有效有益的饮食变更方案，并探讨了一系列有关健康和饮食关系的话题。

第三章　冥想姿勢

无论选择了什么样的坐姿,都要经常进行练习,
不能总是半途而废去尝试新的姿势。

冥想是一项简单的技巧，几乎所有人都能掌握并从中受益。正如我们前面所介绍的，只要以放松、稳定的姿势，安静、舒适地坐好就可以开始进行冥想。身体要静止下来，呼吸保持平稳，意识平静而专注。我们将在接下来的三章中详细介绍冥想过程的三个方面：第一，如何摆放身体才能让它在舒适的前提下稳定；第二，培养平稳呼吸习惯的重要性及实现方法；最后，如何让大脑平静，使它专注于一点，以便进行练习。这三方面将引领意识从最外围的生理层面到达最精微的内在层面。下面我们首先来介绍冥想过程中的身体姿势。

高质量的冥想姿势，要求身体必须静止、稳定、放松、舒适。如果身体移动、摇晃、抽搐或疼痛，就会干扰练习。某些人误以为冥想时必须采用复杂的莲花坐姿，双腿交盘。但事实却并非如此。良好的冥想姿势其实只有一个前提条件，那就是你必须将头部、颈部和上半身躯干保持在一条直线上，以便自由地使用横膈膜进行呼吸。

在所有的冥想姿势中，头部和颈部都必须保持中正。这就意味着：脖子不能弯曲，歪向一边；头部也不能过于前倾，而应由颈部支撑，垂直于肩膀。这样做的目的是不给颈部和肩膀造成压力。面部应朝向正前方，轻轻地、自然地合上双眼，但不要紧闭，否则会给眼部造成压力。

遗憾的是，有些老师会教导学生将内在的凝视点置于额头中央，可这样做会导致眼部肌肉产生紧张，甚至引起头痛。在瑜伽中确实存在着某些特定的"凝视"练习，但在冥想时并不需要这样。冥想时面部肌肉只要放松即可，轻轻闭上双唇，不要给下巴带来压力。整个过程都应当使用鼻子进行呼吸。

在所有的冥想体式中，都要放松双肩和手臂，将它们优雅地搭放在膝盖上。你的手臂要保持彻底放松——如果此时有人抬起你的手，你的手臂应该是自然下垂的。轻轻地让拇指和食指相碰并形成"手印（Mudra）[1]"（见下图）。这个手印形成了一个小圆圈，你可以把它想象为内在能量循环的一条小路径。

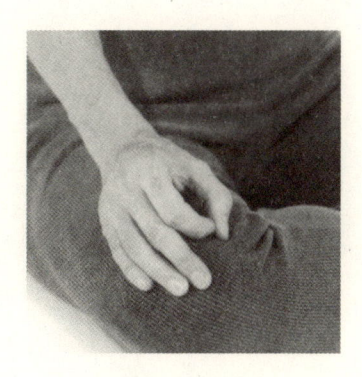

手印（Mudra）

冥想坐姿

许多坐姿都能够在舒适的前提下保持脊柱的垂直，而不需要盘腿或制造其他不适。事实上，冥想中最重要的一点，就是完全地竖直脊柱。相比之下，手臂和双腿的摆放就显得无关紧要了。达到这一要求的最简单坐姿叫作高位坐（Maitri Asana）。

高位坐（Maitri Asana）

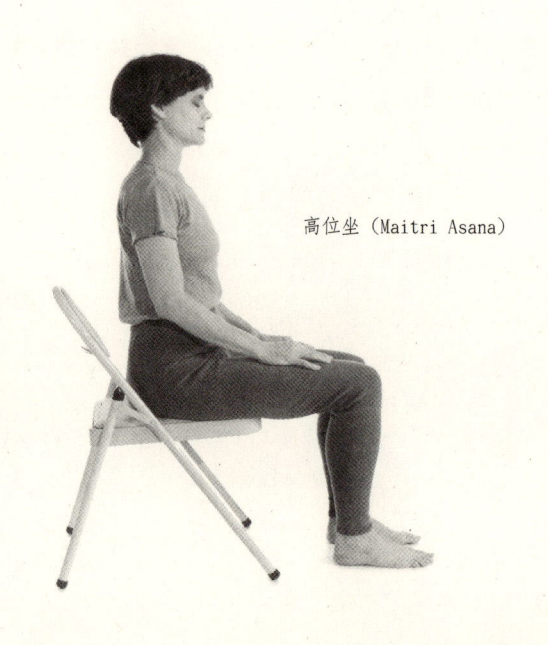

高位坐（Maitri Asana）

在高位坐中，你可以舒适地坐在椅子或者长凳上，双脚平放于地面，双手搭放在大腿上。这个姿势适用于所有人。那些身体不够灵活或不习惯坐在地面上的人，都可以使用这个姿势进行冥想，它不会给身体带来任何困扰。

简易坐（Sukhasana）

如果你身体比较柔软，也可以选择另外一种坐姿：简易坐（见下页图片）。这种坐姿需要你坐下来并交叉双腿，如图所示，每只脚都放在另一侧膝盖下方的地板上，膝盖则轻放在相对应的脚上。最好坐在折叠起来的厚实毯子上，这样可以保护膝盖和脚踝不致承受太大压力。

简易坐（Sukhasana）

如果双腿不够灵活，或大腿肌肉比较僵硬，膝盖离地比较远，将垫子或毯子折叠起来放在臀部下方会对此有所帮助。先做几个拉伸动作进行热身，这会使身体灵活起来，也会让坐姿更为舒适。无论选择了什么样的坐姿，都要经常进行练习，不能总是半途而废去尝试新的姿势。持之以恒地使用同一种坐姿，日积月累，你会发现它越来越稳定和舒适。

将毯子垫在臀部下方可以使坐姿更舒适

吉祥坐（Swastikasana）

如果能自如地使用吉祥坐（见下图）进行冥想，你将从中获益匪浅。对于那些双腿足够灵活的习练者，这种坐姿比简易坐更适合长时间的冥想。因为它的根基部分比简易坐更宽广，可以让身体重量均匀地分布在地面上，减少了移动或摇晃的可能，因此它更稳定。

吉祥坐（Swastikasana）

如图所示，在吉祥坐中，双膝直接放在地板上，而不是像简易坐那样放在双脚上。这样做的好处之一就是：对一部分学生而言，它减轻了脚踝承受的压力。

这个坐姿的要领是：首先，舒适地坐在冥想座位上，弯曲左膝，将左脚放在右大腿一侧，脚掌抵住右大腿内侧肌肉；下一步，弯曲右膝，把右脚轻放在左小腿上，右脚脚掌抵住左大腿内侧肌肉，将右脚的脚趾插入左大腿和左小腿后侧的中间；最后一步，用手轻轻地将左脚脚趾勾放在右大腿和右小腿之间，这样就能看到左脚的大脚趾了。这个姿势对称稳定，益于冥想。以上描述看起来可能有些复杂，但如果依据提示来完成，就会发现这其实并不难。

其他建议

对入门者而言，由于双腿还不够灵活，在使用吉祥坐的初期可能会感到不适。但事实上，只要能保持身体稳定、不晃动、不摇摆，你完全可以选择任何双腿交叉的姿势，或者就使用前面介绍的高位坐也可以。在这里，我们必须反复强调：比起双腿的位置，更重要的是摆正头部、颈部和躯干的位置，保持脊柱垂直。

有些学员喜欢攀比各自对高级坐姿的掌握程度，在身体没准备好的情况下就使用它们，这常常会导致不良后果，因为他们的肩膀此时往往是拱着的，会造成脊柱的弯曲。不要养成这种习惯，它们会导致生理不适，阻碍呼吸，并且影响身体中精细能量通道的运行。而这些在深入的冥想中，都会起到举足轻重的作用。

现代人的身姿整体都趋于不良。童年时期养成的行住坐卧的不良习惯对此有很大影响。它们会使支撑脊椎的肌肉得不到完善的发育。随着年龄的增长，人们的脊柱开始弯曲，身体也会逐渐走形。因此，在初次进行冥想的时候，你很可能会感受到自己背部的肌肉虚弱无力，坐下几分钟后就会有前倾的趋势。

其实，这种情况很快就能得到解决。只要在日常生活中多注意自己的一言一行、举手投足，一旦发现有身姿不端正的情况，就立即调整，那么长此以往，背部肌肉就会开始发挥它本有的功能。某些哈达瑜伽体式，如眼镜蛇式、船式、弓式和婴儿式，都有助于强健背部肌肉，使脊柱获得支撑。

有些身体条件受到限制的学生询问：是否可以采用后背靠墙的坐姿来进行冥想？在初期的时候，为了形成正确的直立坐姿，你可以这样做，以便检查自己的脊柱是否垂直。但总依赖于外部力量是不正确的。因此，你从一开始就应当付出努力，尽量坚持练好独立坐姿。可以让朋友帮助检查，或是用镜子自己查看。如果你的脊柱垂直，用手掌沿着脊柱上下滑动时，是不会摸到突出的脊椎骨的。

其他冥想姿势

有一些姿势被认为是适合冥想时使用的。下面我们简要地介绍如下。

雷电坐（Zen Sitting Position）

有些人臀部或膝盖已经出现了问题，盘腿坐比较困难。他们或许听说过一种坐姿：将身体跪坐在双腿上，臀部放在脚踝上。这就是雷电坐。

遗憾的是，以这种姿势直接坐在地板上会过度拉伸足部和脚踝，给肌肉或神经造成损伤。如果你偏爱这种坐姿，最好使用市售的木制禅凳，这样就可以直接坐在凳子或冥想座位上，转移踝关节和双脚上的一部分重量。这个姿势还有一些其他缺点：对于长时间冥想而言它不够稳定，身体容易摇晃或倒向一边。但对一部分学生来说，身体局限会使雷电坐成为他们的最佳选择。

至善坐（Siddhasana）

传统上，至善坐（也叫勇士式）是教给高级学员的，不推荐大多数人使用（见下页图）。这是因为至善坐与莲花坐一样，对身体的要求比较高，必须坐成特定的姿势才能有助于冥想。如果你还没有能力完美自如地使用这个姿势，你不但不能从中受益，反而会给自己制造麻烦。我们从来不向初学者或耽于世俗生活的人推荐这个姿势[ⅱ]。

至善坐（Siddhasana）

但是，高阶瑜伽修行者和那些决定过一种更深入的冥想生活的人，应当逐步掌握这个姿势。而那些决心达到三摩地的人，则应当在冥想期间采用此姿势。高级冥想练习者会通过至善坐来达到自己的目标：当他能够保持这个姿势超过三小时并且没有疼痛感的时候，他就达到了体式成就（Asana Siddhi）[III]。没有基础的初学者没有必要采用如此难受的姿势，这会导致肌肉和韧带的拉伤。

至善坐的要领是：先做会阴收束法（向内收缩括约肌）[IV]；然后，将左脚放在会阴（肛门和外阴之间的区域）处，将右脚跟放在生殖器官上方的耻骨位置；调整双脚和腿的位置，使两个脚踝摆放在一条直线上，或将它们上下相叠；把右脚脚趾放在左大腿和小腿之间，只露出大脚趾，轻轻地将左脚脚趾拉到右大腿和小腿之间，也只露出大脚趾；双手放在膝盖上。

　　再次强调，除非能够得到直接的指导，我们不推荐这个姿势，因为练习不当会出现许多问题。传统上，这个姿势只教给出家的男性僧人。但是，认为只有男性才能使用这个姿势的想法是不全面的，女性冥想者和女尼也会练习这种坐姿。

莲花坐（Padmasana）

　　与至善坐一样，我们一般不推荐大家使用莲花坐进行冥想。因为除非是能准确习练，否则它不会有任何益处。事实上，基本没有人能够完全准确、舒适地使用莲花坐姿，因为处于这种坐姿的时候，很多其他重要的练习都很难实现，这些练习也叫作收束法（Bandhas）[V]。

在大众的印象中，莲花坐与瑜伽紧密相连，莲花本身是瑜伽生命的象征——生活在尘世却不受其影响，就像莲花出淤泥而不染。不过，高级瑜伽士和冥想者一般只使用至善坐。

现在，莲花坐仅在练习时使用，它可以使下肢变得灵活柔韧，但不要用它来进行冥想。对于大部分学生而言，这个坐姿会使身体非常不舒服，无法集中精力。由于疼痛和不适会妨碍大部分学生达到冥想状态，所以我们建议选择其他稳定和舒适的坐姿。

总之，对于大多数人而言，选择前三种坐姿中的任何一种都能让他们取得持续的进步。坚持用一种坐姿进行冥想，就会感觉这个姿势越来越舒服、牢固和稳定。

使坐姿更舒适的建议

把折叠的毯子或垫子放在地面上提供缓冲，坐起来会比较舒服。接着，可以把厚垫子或枕头放在臀部和髋部的下方起到抬高的作用，这能够减少髋关节和膝盖的压力。

如此做的效果会令你感到吃惊——在臀部下方垫厚垫子，更容易使脊柱保持在一条直线上。此外，冥想座位应该稳定，不能过于坚硬，也不能晃动。但座位也不要垫得太高，否则会影响身体的位置。

在舒适的前提下，当身体越来越灵活，你可以把垫子垫得薄一些，直至最终能直接坐在地上。但姿势的重点仍然在于挺直脊柱不弯曲，否则会对坐姿造成不良影响。在练习初期，有些人只要没有垫上厚垫子，就很难将脊柱保持在一条直线上。不要着急，慢慢练习，就会逐渐发现自己的身体越来越灵活，最终可以舒适地坐更长时间。

伸展练习和哈达瑜伽体式可以使身体更加灵活，让你在冥想时更加舒适。可以参加哈达瑜伽的课程，或者参阅《瑜伽：基础精通》获取进一步的帮助信息。

另外，我们不建议躺着冥想。在众多原因中最重要的一点是：大多数人躺着的时候很快就会睡着，难以保持清醒或觉察。显然，如果你打瞌睡或者睡着了，就无法继续进行冥想了。

而更微妙的原因在于：在深层的冥想中，将脊柱保持在一条直线上非常重要，这样才能够使某种精微的能量自下而上贯穿全身。有一些冥想进阶书籍详细探讨了这个精彩的话题，比如《光与火之路》（*Path of Fire and Light*）[VI]。

注释

I 手印（Mudra），手指的某些特定姿势，用来深化冥想。

II 瑜伽中的某些流派认为长期采用"至善坐"练习会影响人们的性能力，故此有这样的说法。

III 体式成就（Asana Siddhi），Asana指体式，Siddhi也是佛教中会用到的词，意为"成就"。这里指的是姿势、体式的完满状态。

IV 会阴收束法是脚跟抵压会阴，收缩肛门，向上提升下行气的练习。主要起到使下行气向上运行的作用，一般在老师指导下进行练习。

V 收束法（Bandhas），Bandha本身是"锁"的意思，指身体内在的收缩或紧锁。收束法一般用于停止或引导普拉那能量。

VI 《光与火之路》（*Path of Fire and Light*）是斯瓦米·拉玛的另一套书，分成上下两册，主要介绍瑜伽进阶期的知识与练习。

第四章 冥想、意念、曼陀罗

从一位真正的老师那里得到某种曼陀罗的传授，
就仿佛从药师那里得到了针对自己的处方一样。

在掌握了冥想坐姿之后，你可能会迫不及待地想了解：我们需要在精神层面做什么？怎样才能开始冥想？我们是否需要思考特定的事物，还是完全清空大脑？我们应该让意念随波逐流使联想自动浮现吗？但实际上，这些都与冥想无关。

前面提到过，即便我们针对相同的启迪心灵的理念（例如平静）来进行关注，思考与冥想也是两个不同的过程。试图在冥想中对意识进行管控是徒劳的，那只会让你产生挫败感。意念会反抗对它的任何控制。渴望达到某种状态的想法对冥想也不会产生帮助。最好的办法是：在关于冥想应该是怎样的或希望达到什么目标的问题上，不要给自己任何压力。有意思的地方在于，你越是减少与自己的对抗和压迫，就越容易放松和安静下来，而真正的冥想进步就会在这个层面体现。

同样的道理，尝试清空大脑也不会成功。大脑的本性就是：不断地变化，不断地处理记忆、进行联想并接受新的信息。事实上，它唯一接近于静止的时刻，就是在无梦的深度睡眠中。其他时间，意念就像没有抛锚的游船一样，飘浮在脑海中的各个角落。

鉴于以上精神活动的过程，许多冥想体系会通过将大脑集中在某物或进行某种短暂刺激的方式，来使它获得平静与专注。我们的目的不是清空大脑，而是赋予意念一个焦点，让它安静下来。在大部分的冥想体系中，一个词、一组短语、某个声音或符号都可以用来将意识集中在一点。有些冥想传统会偏好使用视觉符号，而我们的派别则强调使用曼陀罗，也就是用以引导意念集中的词汇、声音或短语。

专注对冥想来说非常重要。当我们使用"专注"这个词的时候，有时会指仔细思考或者反复分析所要付出的努力，这甚至听起来都是一个让人感受到有压力的过程。但我们在这里所讲的专注，绝不意味着努力、紧张和精神压力。它指的仅仅是注意力的集中，与其涣散是相对应的。专注的意思是你在保持警觉的同时又是放松的。当你已经放松下来，感到很舒服，这个时候集中注意力似乎就不是一件困难事了。如果你不能做到专注，说明你对意念之流的引导能力受到了损害。许多瑜伽练习都有助于培养专注力，我们会在后面详细介绍其中的一部分。而现在我们仅需要了解，专注是冥想的基础即可。

许多冥想体系都使用曼陀罗。我们在前面提到过：Amen、Shalom和Om都是曼陀罗。在我们的传承中，曼陀罗主要是用心去聆听的，而不是用耳朵去听。它来自内在而不需要被大声地念出来。曼陀罗是一个特殊的学科和研究领域，在瑜伽的传承中，这些声音不会被随意、草率地使用。曼陀罗是特殊的声音，有独到的特点和效果，不是任何词语都能成为曼陀罗。

声音的自我振动没有任何意义，只是震动而已。当它波及具体物质时，这些振动就会创造形象，而形象则是有名称的。事实上，所有的形状和名称都源于声音的纯振动。某些在安静中振动的声音，对整个人类会产生强大而有益的影响。古代的圣贤们投身冥想，听到那些源于内在的声音，便使它们成为了我们现在所使用的曼陀罗。这些特殊的声音对不同的冥想者有不同的作用。因此，从一位真正的老师那里得到某种曼陀罗的传授，就仿佛从药师那里得到了针对自己的处方一样。

曼陀罗包括了各种声音、音节和词汇。同一个曼陀罗，对不同的人会起到不同的作用。它的效果经由冥想者产生的内在感觉所传达。这种感觉并不来自曼陀罗的字面含义，而是源于声音本身的纯粹振动。求学者会让老师所教授的词语或曼陀罗成为他们生命的一部分。

很多学生都试图将曼陀罗和自己的吸气与呼气协调起来，然而并不是所有的曼陀罗都能够与呼吸相结合。它们中的一些甚至会引起呼吸上的抽动，或产生某种破坏肺部活动的节奏，进而损害心脏和大脑。因此，不要让曼陀罗去配合呼吸。可以与呼吸相吻合的曼陀罗有："So Hum"[I]、"Om"和"Omkar"[II]，但其他曼陀罗都不能与呼吸相应。

只有经验丰富、能力卓越的老师才能够教授曼陀罗,使用书籍来学习曼陀罗不会有任何帮助。曼陀罗的技巧应当由老师直接向学生传授。只有受过正宗、传统和完整培养的老师,才懂得如何传达并正确使用某个曼陀罗。如果老师的资质不足,就不能将正确的理解传达给学生,那么学生很可能无法从习练中获得好处。归根结底,曼陀罗是一个强大的工具,一种持续的祷告。持续的祷告会带来意识,而持续的意识则会带来自我认知。

曼陀罗的知识在现代社会很难被人所理解,因为我们不相信表面上毫无意义的声音,认为只有语言才能讲出真理,才具有使用价值。但曼陀罗的作用其实是在更深的层面上的。它的作用来自它振动的特质和声音,而不是字面所表达的含义。意义是语言的一个属性,而冥想的目的却不是让大脑使用分析能力去理解语言的含义。它指向的是更深层次的自我体认。冥想和曼陀罗涉及的知识很有意思,感兴趣的读者可以进一步阅读《曼陀罗的力量及启蒙》(*The Power of Mantra and the Mystery of Initiation*)[III] 一书,其中介绍了在冥想中如何使用曼陀罗的更多内容。

所有的声音都有专属的特性。有些令人心神宁静,有些又活力十足。而那些被我们称之为曼陀罗的声音，则帮助我们集中意念，达到远远超过思考的体验深度。虽然许多冥想体系都使用曼陀罗，但我们的传统鼓励学生在初始阶段使用自然通用的"So Hum"即可。它适用于绝大多数人，其使用要领是：在冥想的时候，先静坐，让呼吸安定下来，缓慢、平稳、均匀，然后用心去聆听"So Hum"的声音。在吸气时听到柔和的前半部分"So"，在呼气时听到后半部分"Hum"。你只需要静静地坐着，让声音伴随着每次呼吸，周而复始，不断重复，保持平静。

以下是一些注意事项：曼陀罗只能用心来倾听，不能大声重复，不要使用嘴或其他器官发音。当曼陀罗不断地自我重复时，你会发现意念分神的频率越来越低。在日常生活的清醒状态下，精神活动通常包括一连串的联想、想法及感受。其中有些是刻意的或是有目标性的，有些则似乎仅仅是突发奇想。在冥想时，我们要让大脑的活动安静下来，使其集中在"So Hum"的声音上。你会发现其他的念头仍旧会进入你的大脑，而意识也会转向其他的思虑主题。当这些发生时，要允许自己目睹或不带评价地观察大脑中的联想,然后轻柔地将意识重新带回到"So Hum"上。

重要的是,不要在这一过程中引发思想上的斗争。当大脑中升起别的念头时,你只需要看着它们,然后把意念带回"So Hum"即可,这样你的冥想就更加容易进行得深入。思想斗争、愤怒、自我评判对习练都不会有任何帮助,相反会耗费更多精力。想法会不断涌现,但只要你以中立的态度看待它们,不制造任何内部冲突,大多数念头都会自行消失。"目睹"不同于对想法的压制。冥想的目的不是为了组织特定种类的想法进入意念。如果这些念头出现,只要注意到它们的存在就可以了,无须纠缠不休地进行强化。

还要谨记我们刚才所提到的一点:并非所有的曼陀罗都能够与呼吸配合。事实上,你的目的不是要持续关注呼吸这个过程本身,而是要先让呼吸平稳和放松下来,紧接着就放弃掉这个念头。大部分曼陀罗无法与呼吸的节奏相吻合,如果你强迫去跟随呼吸的起伏,只会让自己分心和被打乱。尽管如此,"So Hum"作为通用的曼陀罗,却几乎对每一个习练者都是有效的。

随着冥想的进步，你会希望从有资质的老师那里得到自己的曼陀罗，用来进一步深入练习。这一点同样是很重要的。这些训练应该由资历深厚的老师一对一传授，而不是从书本上学习和练习。曼陀罗的确有强大的功能，但只有当练习符合学生的实际水平时，习练者才会从中受益。这取决于教授老师在这方面的资质和水平。

"So Hum"与其他所有曼陀罗一样，影响力来自于它的发音。虽然我们可以将"So Hum"的字面意义翻译成"我即它"（我的内在与宇宙意识的结合），但它的影响却并不是来自这两个词的文字含义，而是源于声音自身的效果。它帮助心安稳下来，使它最终超越声音，达到内在的静谧。

某些时候，具有宗教背景的学生可能会担心自己的曼陀罗源于异教。前面我们介绍过，在许多传统中都会使用到曼陀罗，但其本身并不是一个宗教过程。一位有资质的老师可以帮助你进行练习，使大脑不产生反抗与冲突。"So Hum"不属于任何宗教，它是一种纯粹的技巧，帮助你的大脑安静、集中。

  一开始只能进行几分钟冥想的时候，你会发现意念很容易涣散并且喧闹不息。尽管如此，一旦开始注意饮食，关注呼吸状态及时刻觉察意识受到的影响，你就能让心理和身体都安定下来，意念混乱和分神的频率也会逐渐降低。随着冥想时间的延长，你还会感受到意念的运转速度慢下来，它会伴随着冥想的进步变得更加稳定。下一章"呼吸练习"中，我们将详细探讨精神上的宁静与呼吸过程之间的联系。

  总之，冥想的实际操作很简单：静坐，将呼吸调整均匀，让意念平息下来；关注身体内部默念的曼陀罗，当意识游离的时候将它带回。这个过程听起来很简单，但是想要完成还是有挑战的，因为意念很灵活，总是保持一定程度的内在混乱。当我们开始练习冥想之后才会意识到，我们的精神世界有多么混乱嘈杂。冥想的目标就是让这些噪音自己安静下来。某种意义上，我们要放下那些制造冲突和心理混乱的事物。

  冥想进阶对许多人来说很重要。大多数活动中，我们可以通过观察外部现象来确认自己的进步。例如，我们发现自己可以走路走得更远、更快或坚持更长时间。但冥想的情况则不同：我们不能将长时间坐着与有意义的进步完全等同起来。因为有时我们或许坐了很久，但思绪仍是涣散的，起伏不定并且毫无平静可言。

正是因为没有可靠的方法来判断冥想的进步程度和方式正确度，一些人成了受害者。他们认为冥想会带来超乎寻常的结果——如果进行得顺利，会获得神奇的精神体验，比如幻觉、光和颜色。但真实的情况却很简单：随着冥想的进步，稳定和静谧的感受会加深。冥想不是注定出现超乎寻常的现象。

有些人可能会在冥想过程中出现生理反应，比如疼痛、抽搐，或其他症状。不要误以为这是深层次意识的体验，相反它们通常代表着身体、心理或情绪上出现了紧张。无论有什么不寻常的体验，我们都鼓励学生顺其自然，将注意力放在曼陀罗上，循序渐进地步入自己深深的内在本性之中。

当冥想变得更加深入，还会有某些体验让你分心。观察那些干扰意念的事情，一般而言，愉悦、幸福的感觉基本不会带来问题，而负面的情绪和欲望则会占据你的注意力，让大脑不断进行思考。

这时，你开始感受到，自己的各种念头和对它们的觉察，造成了内在的平静或混乱。你会越来越明显地意识到，哪些体验有助于冥想，哪些又会给冥想带来困扰。这就开启了觉察和心理发展的新领域。你会把这些经验运用到生活中：不再总是给心灵添加不快，或是白白浪费精力。对冥想的预备而言，保持平静与和谐是非常宝贵的。

就某种意义上来说，无论是在大脑的有意识层面还是无意识层面，冥想者都是一个内在的探险者和观察者。他们探究大脑在意识领域和无意识领域的反应和过程。冥想者探索内在，提升自己的内在智慧用以抵抗外部世界。冥想能帮助我们理解大脑的所有功能：记忆、专注、情绪、推理、直觉。练习者会开始懂得如何协调、平衡和提高这些能力，并将自己的潜力发挥到极限。冥想让我们超越日常状态的意念，达到意识的最高境界。

当你开始感受到冥想给身体、心灵甚至整个人的性情都带来益处时，你很可能会对这一体系的高阶练习产生兴趣。如果你诚挚并且认真地练习，肯定能觉察到许多渐进的变化。不要因为不耐烦、懒惰就放弃冥想，只要持续练习，就会有不断的进步。

注释

I   "So Hum"是一种可以配合呼吸的曼陀罗,它的内涵为"我即它"。

II   "Omkar"基本相当于"Om",两者区别不大。

III   《曼陀罗的力量和启蒙》(*The Power of Mantra and the Mystery of Initiation*)是潘提特·拉伽玛尼·缇昆特所写的关于曼陀罗启蒙的一本书,介绍了如何使用曼陀罗达到平和和提升自我的目的。

第五章 呼吸练习

气息自由、平稳地在鼻孔中流动会使精神达到一种愉悦、平静的状态。我们需要这种精神状态。

对呼吸的觉知是冥想练习的精华部分,但初学者经常误解或低估它的作用。有些冥想学院传承深远,那里的老师会首先让学生进行呼吸觉知的训练,然后才教授冥想的进阶技巧。在习练中,学生首先要对身体的抽搐、微颤和摆动保持觉察,学会让自己的身体安静下来,然后再开始呼吸技巧的练习。这些可以帮助习练者有意识地控制身体、气息和意念。

所有瑜伽中的呼吸练习,都是呼吸控制法(Pranayama)领域的一部分,它们可以帮助我们有效地调节肺部的活动。事实上,呼吸系统、心脏、大脑和自主神经系统都要依靠着呼吸的调节才能正常地运作,而这些生理过程假如不和谐就会阻碍冥想的进步。呼吸控制法这个单词的词根是普拉那（Prana），它的意思是初始能量（the first unit of energy），这是人类自身更为微妙的一层能量，它将身体与心灵连接在一起，并协调着身体的所有机能。练习呼吸控制法，可以平衡并引导普拉那能量的流动，对我们的健康起着至关重要的作用。

当在生活中感受到紧张的情绪时，我们很可能会立即发现呼吸过程发生的变化，以及它给身体所带来的影响。在人们受到惊吓或觉得意外的时候，会无意识地屏住呼吸；而感到焦虑、承受压力时，呼吸则会变得短浅和急促。呼吸随时反映了精神的状态。

我们常常长期处于有压力的生活中，这会使得呼吸短浅、急促并进一步干扰身体、搅动意识。事实上，呼吸越短、越急促，就越不容易进行清晰的思考和保持冷静。由此可见，呼吸过程对冥想的深度有着极为强烈的影响。

对于所有希望学习高级冥想技巧的学生而言，掌握呼吸领域的科学知识和调节方法至关重要。当我们能够在安静之处舒适、稳定地坐下来，不再受到身体紧张或颤动打扰时，我们就会注意到，呼吸存在着以下四种不规律的情况：呼吸太浅，呼吸声音太大，吸气与呼气之间间隔过长，以及呼吸的起伏不稳。这些问题会干扰意念的活动，阻碍注意力集中。只有消除它们，习练者才能进入更深层次的冥想。

古老的冥想传统中，确定学生已经达到身体稳定和呼吸安静之后，老师才会传授进阶的技巧。静坐仍然很重要，因为身体的摇摆越少，心就越稳定。一切动作、姿势、颤动和抽动都源自未经训练的心灵。当我们观察自己的行为时会发现，事实上没有任何一个动作或姿势能独立于精神而存在。意念先行，身体才会跟上。身体动得越多，意念也就会越分散。

呼吸的科学

呼吸是身体与心灵之间的桥梁。吸气和呼气就如同"生命"这座城市的两个哨兵，伴随着我们的想法和情绪，随时发生变化。呼吸是核心能量普拉那在体内游走的途径。

先知们观察到，呼吸就像晴雨表一样记录着精神的状态及外部环境对身体的影响。例如，它的状态可以预示疾病的出现与否。瑜伽科学的奠基者帕坦伽利阐释道：我们可以通过呼吸技巧的练习使大脑获得安静与协调。当习练者形成一种舒适与稳固的坐姿后，接下来的重要一步就是对呼吸的觉知了。它能使意念专注、愉悦。气息自由、平稳地在鼻孔中流动会使精神达到一种愉悦、平静的状态。我们需要这种精神状态使意念流动到更深层次的意识。如果精神不能达到愉悦状态，就不能保持稳定，而不稳定的意识状态并不适合冥想。

当我们开始基于呼吸练习进行冥想时，可以观察到刚才说过的四个缺陷：呼吸太浅、起伏不稳、声音太大，还有最常出现的吸气与呼气之间间隔过长的问题。这些阻碍性问题在冥想文献中有许多记载，而在练习中我们会更深刻地认识到消除它们的重要性。冥想伴随着气息的流动，呼吸中出现的抽动、不稳定与意念分散是相对应的。因此，掌握呼吸控制法非常重要，它有助于解决这些问题。

当然，不进行呼吸控制法的练习，仍旧可以冥想。但没有对呼吸的觉知，就无法达到深度的冥想状态。呼吸与意识是相互依赖的。如果呼吸长短不一、起伏不定，心识也就随之涣散。在坐姿稳定之后，呼吸的觉知可以自然地将我们引领至平静之中。它会强化意念，使注意力更容易转向内在。对于初学者，我们建议要对呼吸进行关注，这是使冥想得到深化的最简单、自然，也是最重要的一步。

准备学习冥想进阶技巧的练习者，会意识到呼吸觉知的重要性。当心识伴随着呼吸开始浮现的时候，我们就可以感知到更深的内在，因为最深层的自我和宇宙的中心是联结在一起的，宇宙给所有生灵提供生命能量。只要身体通过呼吸接收到叫作普拉那的核心能量，身与心的关系就得以维持。当这个联结被打断的时候，大脑中有意识的部分将不再活动，身体与生命的内在构造产生分离。这种分离就叫作死亡。

呼吸觉知使我们体验到意识的更深层次，远远超过了正常情况下意识的边界。事实上，脱离系统的呼吸练习，我们就无法做到这一点。而这一过程的第一步就是培养对呼吸的感觉和认知。

在日常大部分时间里，我们根本意识不到呼吸的过程。因此，身体姿势稳定后的首要目标就是将注意力转向呼吸，观察它是怎么流动的，感觉其顺畅性，找到它在身体中升起的位置，最后是对呼吸节奏的把握。

例如，有时你会意识到呼吸时嘴部是微微张开的，或是发现自己呼吸急促、短浅、没有规律、出现轻微的喘息声。我们的目标是重建身体的自然呼吸模式——平稳的横膈膜呼吸。在这种呼吸方式中，整个过程都是安静的，所有的吸气和呼气都通过鼻孔而不是嘴来进行。如果你的呼吸急促、短浅，很可能是因为你只是在用胸腔进行呼吸，这意味着呼吸是不够完整和充分的，因为你只使用了肺部容积的一部分。而当我们能够使用横膈膜进行呼吸的时候，就能在吸气时充分扩张、呼气时完全清空肺部。

使用横膈膜进行均匀呼吸时，呼吸会变得更高效，而频率则会缓慢许多，因为每次呼气和吸气都带来了更多空气和生命能量。不过，如果头颈和躯干没有正确地摆放在一条直线上，横膈膜呼吸就无法实现。为了有助于理解，请参阅以下的图片。

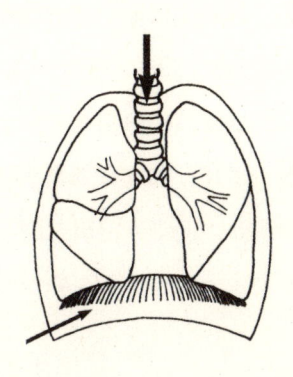

上图：吸气，横膈膜

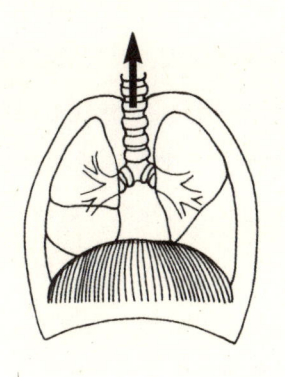

下图：呼气，横膈膜在呼吸中位置的移动

事实上，你的肺叶能够扩张并富有弹性。当有效地吸满空气时，它的容量远远大于浅层的呼吸。肺部与腹腔被横膈膜的水平肌肉隔开，横膈膜在其中上下移动：横膈膜上行，肺部清空；下行，肺部充满更多空气。你无法直接观察到横膈膜的运动，但当你使用它进行呼吸的时候，吸气时，肋骨下侧会微微向外扩张，呼气时，腹部会向脊柱方向运动。

如果坐姿是错误的，脊柱会弯曲，这样就无法保持顺畅的呼吸。你会不自觉地限制横膈膜运动，使自己的呼吸急促而短浅。这也是坐姿之所以重要的一个原因。如果脊柱没有保持在一条直线上，呼吸就不能顺畅，而当呼吸过程受到干扰时，情绪就会变得焦躁不安。

练习横膈膜呼吸的第一步是关注自己的坐姿，用直立的、正确的姿势舒适地坐下，然后让横膈膜呼吸进行起来。要注意呼气和吸气的长度是否相同。有些呼吸练习会刻意改变呼气或吸气的长度，大部分人在生活中也会无意识地这样做，但这对身体是有害的。

重建平衡的呼吸模式的方法之一是：在心里估算吸

气和呼气的时间长度，使其等长。但在计算呼吸长度时，你会发现，似乎每想到一个数字，都会造成呼吸的轻微停顿。因此，更好的方法是：在呼气的时候，想象气息在体内从上向下到达脚趾；在吸气的时候，想象气息从下向上到达头顶。整个过程要平稳、顺畅，不要出现停顿或不规律的呼吸。在平稳的呼气结束后再开始下一次吸气，接着用这种方式持续进行下去。假如你在平时就开始关注呼吸过程，便可以纠正这些问题，在冥想时呼吸就会自然地平稳、均匀。

接下来的一步也非常重要。许多人在呼气和吸气之间会屏住呼吸。这是一个极度不良的习惯，因为它会让身体紧张并打乱正常的呼吸节奏，导致神经系统不平衡，以至于对心脏造成伤害。消除无意识的停顿或屏息是一个重要的练习目标。整个呼吸过程应平顺自然，没有憋气、抽动或感到压迫。

在呼吸顺畅、没有压迫和阻力时，它会自然而然地安静下来。如果呼吸的声音大了，说明你用力量强迫了呼吸，或是你的呼吸通道里存在阻碍。

以下这些特征说明你的呼吸过程变得完美和精细了：呼吸深沉、均匀、安静，有横膈膜的参与，呼吸时长相等，在吸气与呼气之间、呼气与吸气之间均没有停顿。这时，冥想就能进展到更深层次。

日常生活中的紧张和压力已经扭曲了呼吸的自然节奏，你必须有意识地重建正常的呼吸模式，要在冥想和每天的日常生活中关注这件事。尽管大多数学生都不想听到这句话，但我必须要告诉你的是大约需要用4周的时间有意识地关注呼吸，在掌握横膈膜呼吸后，才能进行其他的冥想练习。

横膈膜呼吸的完善

有几项技巧可以帮你完善横膈膜呼吸。先采用摊尸式平躺在地板上放松，然后将一只手放在胸部，另一只手放在肚脐上，这时你很容易就可以分辨出自己是否在进行横膈膜呼吸：随着吸气腹部上升，随着呼气腹部下降，你能感觉到肚脐区域在轻微运动，在横膈膜呼吸状态下胸部不会产生很大起伏。

摊尸式（shavasana）

建立横膈膜呼吸

你也可以用这个姿势练习对呼吸的觉知。取一个大约6—10磅的沙袋横放在腹部，只需要用摊尸式平躺，感受腹部的运动即可。这项练习能温和地锻炼横膈肌。

使用沙袋

采用腹部向下、趴在地面的鳄鱼式，也可以帮助你感受横膈膜呼吸。在这个体式中，你的面部朝下，双脚脚尖向外分开，额头放在交叠的前臂上，深呼吸。鳄鱼式能让你轻松地感受到腹部反复接触地板的动作。使用这个体式进行呼吸和放松,每天早晚各一次,每次5—10分钟,这会帮助你养成横膈膜呼吸的习惯。一旦你能在俯卧的时候保持舒适的横膈膜呼吸,并在日常生活中持续保持它,那么在冥想坐姿中你的呼吸就会变得正常起来。

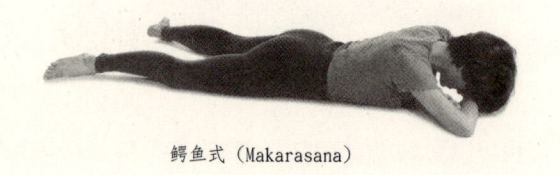

鳄鱼式(Makarasana)

一比二呼吸练习法

当你能熟练地使用横膈膜进行呼吸时,你会发现冥想发生了变化。这里还有一些其他练习可以提供帮助,比如,一比二呼吸练习法会令你放松,消除体内气息的浪费,并使你更具活力与耐力。这个练习坐着或走着都可以进行,你会感受到它带给你的活力。

练习方法是:让你的呼气时长是吸气的两倍。例如:你可以在呼气时数到8,在吸气时数到4,但不要屏息。让呼气与吸气自然地流动,不要抽气,也不要停顿。每天练习5—10分钟,持续练习两周,你会发现自己的精力更加充沛了。

呼吸控制法和神经系统

呼吸控制法与自主神经系统紧密相关。它可以平衡神经系统的功能,使这些平日无法感知的过程处于意识的支配之下。这些都是重要的冥想预备练习。如果你实践并观察过它们的效果,就会发现这能带来极大益处:身体更加平静、放松了,意念也更加稳定了。

早在人们了解关于神经系统的现代医学知识前,古代的瑜伽士们就已经注意到普拉那的能量流会穿过人体内的一些通道了。这些通道叫作脉络(Nadis)[1]。脉络不同于神经,而是比神经更为微妙的同类物质。脉络的数量成千上万,其中有三条在人体中扮演着非常重要的角色:中脉(Sushumna)[2]是中央通道,对应脊柱;左脉(Ida)[3]和右脉(Pingala)[4]分别与中央脊柱的左右两侧相关联。它们源自脊柱底端,左脉的终点在左鼻孔,右脉的终点在右鼻孔。一般来说能量会轮流穿过这两个脉络流动。许多呼吸控制法的练习目的都在于让生命能量从中脉向上流动，从而带来愉悦安静的状态和更高水平的意识。

现代生理学研究已经证实了古代瑜伽修行者们的体验：呼吸的主导流会在左右鼻孔之间交替转换。尽管一般人对此会非常惊讶，但事实是：相对于另一个受阻的鼻孔而言，总是有一个鼻孔更加开放，在空气通过的时候更通畅，这个鼻孔就叫作积极或主导鼻孔，而另一个气息不那么通畅的鼻孔则叫作消极或被动鼻孔。

对于健康人而言，鼻孔的主导过程每90分钟到2个小时会交替一次，积极和消极的鼻孔互换角色。这个生理过程很有意思：当一侧鼻腔通道的组织充血和膨胀时，会略微关闭通道；同时，另一侧鼻腔的通道则会更加敞开，允许更多空气进入。

判断哪一侧鼻孔是活跃的并不难：慢慢地用鼻孔呼气，将指尖放在呼气流里，能够感受到空气流动更强烈和容易的一侧，就是此刻的积极或主导鼻孔。

如果你觉得难以区分，还可以用一块小镜子来检验。

把镜子放到鼻孔下方，注意凝结在镜子玻璃上的蒸汽图案，有一侧图案会大一点，对应的就是积极鼻孔。即便是在头部严重充血的时候，我们的鼻孔也不会完全关闭。前面介绍过，镜子上的图案大小每90分钟就会交换，所以你过一会儿再检查时很可能会看到相反的结果。

根据瑜伽古籍，这只是呼吸科学（Swarodaya）[V]的最基础的部分，而它是复杂、精准而有趣的。如果你对这个奇妙的课题有浓厚的兴趣，可以参阅其他书籍，如《呼吸的科学》（*Science of Breath*）[VI]或《光与火之路》。现在回到主题，呼吸控制法练习的目的在于：对呼吸过程的自主控制。通过同时打开两个鼻孔进行呼吸，产生愉悦、深入的意念状态，进而推动冥想的进阶。呼吸控制法中最重要的一种练习叫作清理经络法（Nadi Shodhanam）[VII]，也叫作交替呼吸法。

交替呼吸法（清理经络法）

交替呼吸法有许多种变体，每一种都有特定的练习目的。从名称上看就能知道，这种方法是在两个鼻孔之间进行气流的交换。它对于神经系统的安定极为有效,能够净化、平衡经络,使气息在两个鼻孔之间均匀地流动,达成清晰、静谧的冥想状态,平衡自主神经系统的运行。

随着对这个练习的掌握,你还可以学习它更精细、深入的变体,包括那些需要屏息的练习。但我们不鼓励学生一开始就练习屏息。只有深入了解收束法和契合法(Mudras)[VIII]之后才可以进行屏息的练习。屏息只教授给高级学员。

交替呼吸法很容易掌握。从初级到中级共有三种模式。在后面的图中,每种模式都标示出了完整的一轮。选择其中一种模式练习两个月左右,直到将它完善。然后可以加入或替换成其他模式的练习。一段时间后,最好选择一种模式每天固定练习,不要轻易更换。

清理经络法是以冥想直立坐姿进行的。需要在瑜伽体式和放松术之后进行练习,也是冥想的预备练习。它需要每天至少练习两次,早晚各一次。此外,中午也可以练习,但必须在午饭前空腹进行(请注意:在中午的练习中,需要区分出主导鼻孔和被动鼻孔来进行,详情可参见下图)。

交替呼吸法的基本流程

选择以下一种方式进行练习。

方式1：这是最完善的练习方法。人们通常首先选择它来练习并将之作为最主要的练习方式。但是它控制鼻孔的频率最高，这对某些初学者而言可能并不是最合适的。

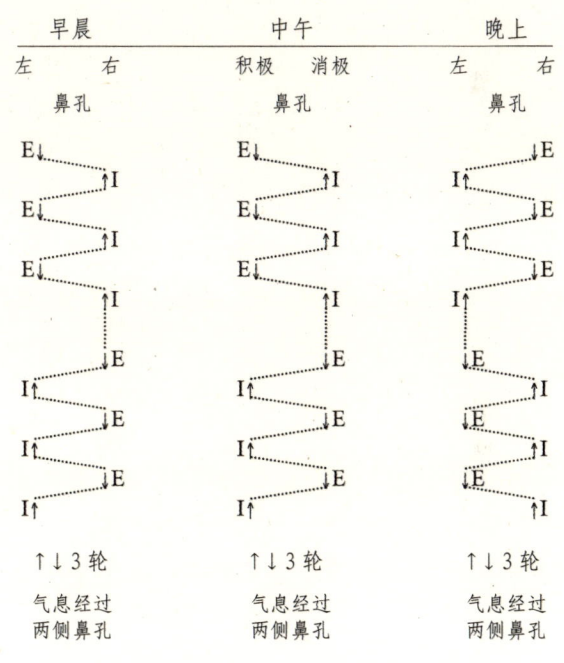

早晨	中午	晚上
左　　右	积极　消极	左　　右
鼻孔	鼻孔	鼻孔
↑↓3轮	↑↓3轮	↑↓3轮
气息经过两侧鼻孔	气息经过两侧鼻孔	气息经过两侧鼻孔

E-呼气 (Exhale)　I-吸气 (Inhale)

方式2：这个方式更容易记忆也便于记录。在这个练习中，鼻孔的交替与每次呼吸的完成是相对应的。

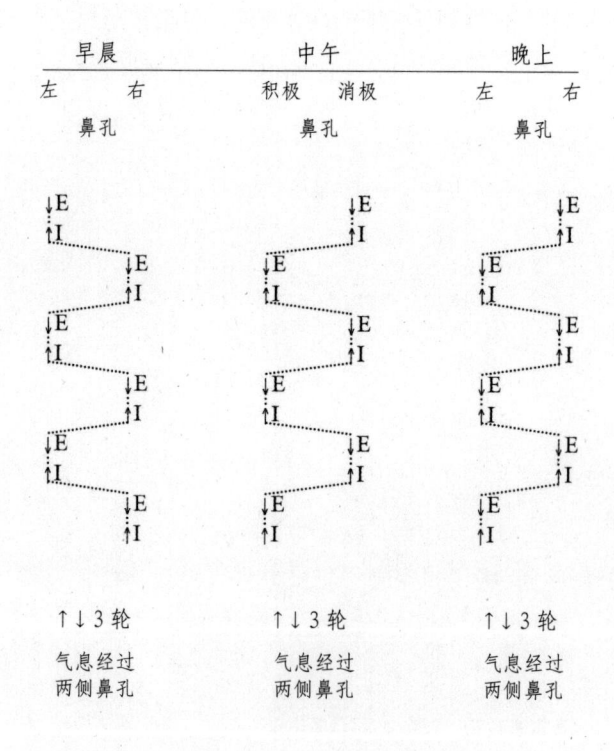

早晨	中午	晚上
左　　右	积极　消极	左　　右
鼻孔	鼻孔	鼻孔
↑↓3轮	↑↓3轮	↑↓3轮
气息经过两侧鼻孔	气息经过两侧鼻孔	气息经过两侧鼻孔

E-呼气 (Exhale)　I-吸气 (Inhale)

方式3：这个方式对鼻孔的操控最少，因此比较容易掌握。在初期，如果练习其他方法有困难，那么它会是一个适宜的首选方案。

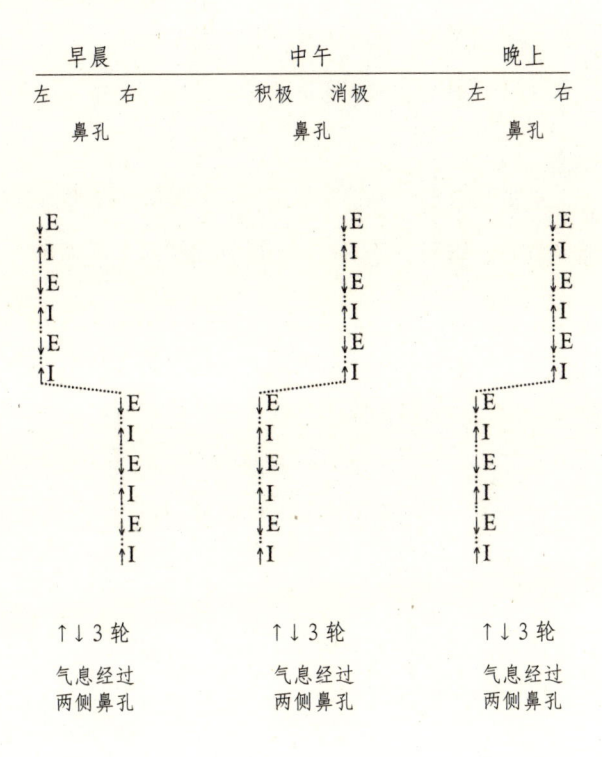

早晨	中午	晚上
左　　右	积极　　消极	左　　右
鼻孔	鼻孔	鼻孔

↑↓3轮	↑↓3轮	↑↓3轮
气息经过两侧鼻孔	气息经过两侧鼻孔	气息经过两侧鼻孔

E-呼气 (Exhale)　　I-吸气 (Inhale)

练习步骤:

1. 采用冥想坐姿坐好，检查头颈和躯干是否在一条直线上，将脊柱摆正位置，保持呼吸顺畅。

2. 选择是先用左边鼻孔呼气还是先用右边。这取决于在一天中练习开始的时间和你所选择的练习方法（见前页图所示）。

3. 横膈膜呼吸。在这个练习中，呼气和吸气要等长，呼吸要顺畅、缓慢、有控制。不要强迫呼吸，不要抽气。轻轻闭上双眼。

4. 用手轻轻地轮流关闭鼻腔。抬起右手，向掌心弯曲食指和中指，用大拇指关闭右侧鼻孔，无名指关闭左侧鼻孔。不要低头去关注手部，使用拇指和无名指关闭鼻腔的力量不要过大。将拇指或无名指轻放在鼻腔两侧，仅需温和地碰触即可。

5. 在练习开始时，轻轻地关闭一侧鼻孔，用另一侧鼻孔柔顺彻底地呼气。

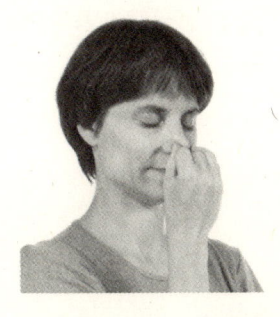

交替呼吸法
（清理脉络法）

6. 在呼气结束时，根据你选择的练习模式，柔顺彻底地吸气。吸气和呼气的时长应该相等，呼吸不要有强迫的感觉。

7. 继续呼气和吸气直到完成你所选模式的一整轮。然后用两侧鼻孔深入、顺畅地呼吸。

完成自己选择的练习并使呼气和吸气都达到顺滑、平稳、安静时，你会发现呼吸的长度增加了。想要取得进步，就要让呼吸的过程更加缓慢、顺畅，让心更加专注。做到了这一点，就可以进入下一阶段的练习了。

中级交替呼吸法

在中级阶段，学生应当练习三轮清理经络法，在每轮结束后可以使用两侧鼻孔同时进行三次呼吸,让呼吸恢复自然的内在节奏。根据个人需要,呼吸次数也可以是三次以上。(注意:在使用一种练习方法完成三轮后,接下来的第二个3轮应从与前面练习相反的鼻孔开始,每三轮交替一次。)

随着练习的进步,你会渴望给予呼吸控制法更多的时间和关注。呼吸的过程要时刻保持顺畅、均匀。不要强迫自己做那些会感到不适的事情,在练习中不要强迫呼吸。要记住,目标是让呼吸精细、安静、顺滑。

一比二呼吸法和清理经络法可以每天练习两次,而在完成哈达瑜伽体式之后,你还可以进行一些其他呼吸练习。但是,屏息要受到有资质的老师的指导,老师必须已经练习过这个方法并且训练过学生使用收束法和契合法。否则,这种对内在生命力的干扰将会造成呼吸紊乱,损害心脏、大脑和其他身体系统。

呼吸的练习方法有许多种。这里只介绍了几种精细的练习,通过让气息在鼻腔内自由地流动来帮助学生进入冥想状态。这种打开呼吸的练习叫作唤醒中脉

（Sushumna），它对于冥想的高级阶段有着非常重要的意义。当中脉苏醒的时候，我们会产生一种独特的澄明，这时大脑会非常愉悦，意念不再四处游荡。当这种喜乐的状态融合在冥想中时，你就会抵达静谧的彼岸。

注释

I 经络（Nadis），Nadi本身意为能量通道，是身体的精细通道之一。

II 中脉（Sushumna），中央能量的通道或脉络，从脊柱底部延伸到头顶。呼吸练习的目的是打开中央通道，让两个鼻腔均匀呼吸。这样大脑就会达到愉悦的状态，很容易进入深度冥想。

III 左脉（Ida），脊柱带流动的三大能量通道之一，控制左鼻孔呼吸。

IV 右脉（Pingala），与脊柱并行的三大能量通道之一，控制右鼻腔的呼吸流。这条通道一旦打开，我们的行为就会变得理智、积极、富有活力。

V 呼吸科学（Swarodaya），古老的有关呼吸领域的知识。圣者借此领略到人类的本性以及更为精细的能量。

VI 《呼吸的科学》(Science of Breath)是斯瓦米·拉玛、鲁道夫·巴伦坦、艾伦·海姆斯合著的一本书，主要介绍瑜伽中的呼吸。

VII 清理经络法（Nadi Shodhanam），字面含义是"净化能量通道"

的意思。它是一种高级呼吸控制法中净化能量通道的呼吸预备练习，能够帮助我们形成缓慢、平稳的呼吸节奏，在吸气和呼气之间不要有停顿，进而让意念安静下来，规范呼吸。

VIII 契合法（Mudras），一种能够代表心灵的体位或姿态，一般是在老师指导下进行练习。

第六章 冥想进阶计划

所有修炼都是用来训练意念的,其首要目的就是让其认清它背后的存在:不朽的灵魂。

这个冥想进阶计划源自古往今来圣贤们的经验与实践，许多真诚的习练者都曾从中受益。如果你渴望达到更高水平的冥想，可以遵循这个简单的体系进行练习。

确保每天在固定的时间坐下来，并形成习惯。

养成良好的冥想坐姿。适合冥想的坐姿有简易坐、吉祥坐、至善坐。选择其中一种，固定用其进行冥想。你的身体会逐渐适应它。

第一个月的练习与目标

前一两个月应致力于养成稳定、舒适的坐姿。冥想坐姿必须稳定、舒适。"稳定"的意思是身体能够保持静止，且头部、颈部和躯干都在一条直线上；"舒适"则意味着身体不会感到不自在或困扰。垫在冥想座位上的垫子不能太高或太硬，也不能太软或不稳固。

第一个月，你可以使用背部靠墙的方法来检查自己的头、颈、躯干是否保持在一条直线上。但在这之后，就要采用独立的坐姿，不依靠任何外部支撑。在木质地板上垫两块四折的毯子，可以做成一个理想的冥想座位。

练习的第一阶段，可能会出现以下几个方面的困难。第一，身体可能会抖动、出汗或麻木；第二，脸颊或眼睛等部位，敏感的肌肉会抽动。无须理睬这些反应，因为当你试图管教身体的时候它就会反抗。如果在冥想的时候喉咙干燥，可以小口啜饮一些水。你的口腔也可能会分泌出过多的唾液。以上两种情况的出现，都可能是源于过度饮食或食用了不健康的食物。

练习初期，每次冥想都不要进行太久，初始阶段15—20分钟足够了。之后每隔三天你可以将练习延长3分钟。随着坐姿的逐渐稳定，时间自然而然就会延长。静止、稳定坐姿的养成会带来强烈的愉悦感。当你从冥想座位上站起来的时候，按摩一下脚趾、小腿和大腿以排解不适。

可以向神祈祷冥想变得越来越好，祈祷自己拥有坐下来练习的动力，祈祷自己会带着巨大的渴望期待下次冥想。不过请记住，你只是在向生命之神祈祷，而它就在你的心房之中，这种祷告能够增强你的意识。不要祈祷除了冥想之外的任何其他事。自私的祷告只会扩大自我，使练习者变得软弱、有依赖性。祷告应源自内在的神性，而不要立足于小我。

〇 练习一

在练习开始的时候，先审视并检查一下身体。确保双眼自然闭合，牙齿微微相碰，嘴唇闭合，双手轻松地搭放在膝盖上（或自然地放到膝盖附近，以免身体前倾）。

从头到脚系统地完成对身体的检查：放松你的额头、脸颊、下巴、颈部、肩膀，从手臂到指尖都要放松。

将注意力放回到肩部，放松你的肩部，放松胸腔。当注意力在胸腔时，尽可能舒适地呼吸，这样可以帮助放松身体。用鼻子做几次深呼吸，让心放下所有的紧张。不要有意识地控制身体，只是观察它，让紧张感自行消退即可。之后将注意力转移到腹部,检查骨盆、臀部、大腿、膝盖、小腿、脚踝和双脚。

此时呼吸5-10次。审视自己的身体,并倒过来从脚到头地再次系统检视一遍。如果发现某个部位有疼痛感,轻轻地将你的意念放到这里治愈疼痛。意念完全有内在的能力去调节这种不适,不要怀疑。

了解意念

意念是身体、呼吸和感官的主人,它被核心意识所掌控。我们所有的思维过程、情感力量、分析能力,以及大脑的各种状态和功能,都源自最深层的内在灵魂。我们需要清楚地认识到,表面上意念在感官、呼吸和身体的直接控制下,但事实上它也在影响着感官,促使它们在外部世界运行。恰恰是心灵渴望通过感官来观察世界,并将这些觉察进行概念化和分类化。我们一切的得失功过和所有感受,都被记录在无意识部分,在精神意念需要的时候,随时调出来使用。

事实上,所有修炼(Sadhanas,精神方面的实操、技巧、锻炼)都是用来训练意念的,其首要目的就是让其认清它背后的存在:不朽的灵魂。我们的意念虽然看似是一个独立的实体,但它无法脱离内在灵魂而存在。

精神意念是我们拥有的最精密的工具,对它的充分了解有助于修炼自身。如果意念是杂乱无章、毫无秩序的,就会使我们远离目标,最终一事无成。只要我们了解自己更深层的本性,任何意识领域里的东西都能够被意念所治愈。当我们对内在的自我开始觉察后,我们就能够有意识地治愈或规避许多疾病的出现了。

意念有四种功能:心(Manas)、智(Buddhi)、自我(Ahamkara)和意识(Chitta)。我们要了解这四种功能并协调它们的运行。

心(Manas)是较低级的意念,我们通过它与外部世界进行互动,接收各种感觉与信息。心(Manas)同时也倾向于怀疑与质疑,而如果这种倾向过度,就容易引发烦恼。

智(Buddhi)是较高水平的意念,是通往内在智慧的通道。它能够提供决定与判断的能力,具有鉴赏力和区分力。当智（Buddhi）能够正常运转且心（Manas）也接受它的指挥，那么它就能在我们行动两难的时候，为我们选出更合理也更好的出路。

自我（Ahamkara）是指"我执"，即小我的意识。它认为自己是独一无二、完全独立的实体。它既带给我们存在感，也会造成分离、痛苦和距离感。

意识（Chitta）是记忆的仓库，储存我们的印象和经验。但如果它不能与其他功能协调作用，也会给我们制造困扰。

在《愉悦生活的艺术》（*The Art of Joyful Living*）这本书中，对这四种功能有更加详尽的描述，可以参考。

练习者既要关照大脑四种不同功能的运行和它们各自的职责，也要注意自己的外在行为，避免因不健康的饮食、性生活和不良习惯而引发疾病。

免疫系统同样需要意念保持正面积极才能正常运行。尽管个人卫生对此也很重要，但我们无法过度苛求。我们可以通过筛除负面、被动、懒惰的精神倾向，来实现意念的纯净。这种健康的意念能够带来自信，这样智

（Buddhi）才能更好地区别事物，及时做出决定。

为了协调不同的功能，我们必须学会观察意念是如何通过言行来运作的。同时，我们也要关注思考过程本身。无知是一切疾病、不适、疼痛和痛苦的源头。纯净、平和、安宁的意念才是积极健康的。冥想的过程有助于大脑保持运转的效率和积极性。

纯粹的意念在经过净化和训练后会变得非常有力量，在很多情况下都有治愈的能力。自我修复是每个人意念的自然能力之一。例如：在削苹果时你如果割破了手，手指就开始流血。你会观察到身体细胞的活动：它们就好像明白了什么一样，会在伤口处快速采取行动以阻止出血，保护受伤的组织。身体最终会自我治愈，治愈时间的长短取决于身体免疫系统的状况。但是，如果身体中的意念与情绪不协调，细胞的活动就会过度甚至引起增生。这正是源于意念运行的微妙层面缺乏协调与平衡，这时候疾病就会降临，干扰我们的修炼（Sadhanas）。

我相信，如果一直任由外在事物影响我们的情绪，而不去开发内在的最高潜能，生活就是不完整的，我们会沦为不满与失意的受害者。所以，应该让身体、呼吸、感观和意念成为我们获得健康的工具和努力实现的目标，这有助于我们完成修炼。

当你在冥想时，如果身体完全静止、稳定、不动摇、不颤抖也不抽动，那么你就能体验到一种不同于世俗的、非凡的愉悦感。这时就可以进入冥想的下一个阶段：观察自己的呼吸。

记住，练习对呼吸的觉知对于冥想而言至关重要。观察呼吸，检查是否出现了之前描述的四个常见错误：呼吸急促、呼吸过浅、噪音和起伏不定。同时身体要保持静止，头颈和躯干在一条直线上，这样呼吸才能顺畅。

第二个月的练习

在第二个月，可以做以下扩展练习：

拉伸与柔韧练习之后就是呼吸的训练。运动虽然有助于放松全部肌肉，但呼吸可以帮助精细的肌肉组织与神经系统得到更深层次的休息。进行交替呼吸法和平稳的自然呼吸都是有益的预备练习，但在进入冥想的时候，我们只推荐练习对呼吸的觉知。呼吸是意念的主要焦点之一,意念与呼吸紧密相连。让意念集中在呼吸上不仅非常简单,而且也是自然而然的。

正如前面所介绍的,在第一个月,练习者应该将注意力集中在呼吸的流动上面,观察每一次吸气和呼气,努力改正呼吸过程中出现的四个主要问题。在对呼吸进一步练习时,则应将意念准确地集中在下面介绍的这些对象上。

〇练习二

这将会是令人十分愉悦的体验,但要牢记,你必须保持坐姿的稳固、静止和舒适,这样身体就不会妨碍你从练习中获得内在喜悦。这项特殊的练习非常奥妙,它比你掌握的对呼吸的觉知更高级也更精细。数千年中,无数先贤和上师都将它奉为练习的焦点。

当你吸气时,想象气息从脊柱底端被吸到头顶正中,并在这个过程中没有遇到任何阻碍或干扰。当你呼气时,再想象气息从头顶被呼到脊柱的底端。如果你能假想脊柱有三条通道,将会很有帮助。这三条通道分别是:中脉,生理学家称之为中央通道;它的两侧各有一条精细的通道,瑜伽士称之为左脉和右脉,也就是之前介绍过的两条主要脉络。

中脉是一条非常精美的乳白色管道,吸气和呼气都要经过它。你可以去感受,精细的能量在大脑下端的延髓与盆腔神经丛之间流动。观察你的大脑,注意它分神的次数。每当大脑不能保持专注的时候,你就会发现呼吸也会在同一时刻出现短暂的停顿或其他不规则现象。建议大家在练习期间,一定要保持呼吸流动的平缓与轻柔,不要出现抽动、杂音、呼吸过浅或起伏不定。

在你可以意识到呼吸在脊柱上的流动感后,就应该注意到同一时刻呼吸也正在经由鼻孔进出。你难免会发现:一侧的鼻孔会有些堵塞,而另一侧则更加通畅;一侧的鼻孔可以轻松地吸气而另一侧则不行。在这种情况下,将注意力放在受阻的鼻孔上,你会惊讶地发现,在很短的时间内,受阻的鼻孔打开了。

例如,你可以先关注右侧鼻孔。当它呼吸顺畅时,再去关注左侧鼻孔,将它也同时打开。如果你经常练习,不需要太长时间,就可以控制气息的流动。

呼吸与意念是生命中相辅相成的一对。它们既密切相关、各自为政,又互相影响。你很快就会发现:在意念的关注下,呼吸的流动可以随意愿而发生改变。意念改变的一刹那,呼吸也随之发生了变化。

在对两侧鼻孔进行微电流测试后,前人们发现:两侧的呼吸有着不同的性质。左侧鼻孔的呼吸有降温作用,右侧鼻孔的呼吸则有升温作用。

依照这个先进的呼吸理论,当你注意到一侧鼻孔更加活跃的时候,那么这一侧的精微元素(Tattvas)[11]就是活跃且突出的,这会给意念造成干扰。起主导作用的精微元素会影响呼吸,而反过来在呼吸过程中左右鼻孔气息的交替流动也会影响到精微元素本身。一旦你能够控制呼吸,并使用觉察能力和冥想者的意念集中能力,你就能够控制精微元素的转变了。在《光与火之路》这本书中详尽地探讨了这个深奥的领域。

唤醒中脉

现在我们来讲解下一步：如何使意念保持平静与愉悦，才能使它在冥想时体验到喜悦，这个方法就叫作"唤醒中脉"。学习者如果按照这个计划耐心练习，肯定会大有收获。

开始"唤醒中脉"时，冥想者首先需要把意念专注在呼吸上，感受两个鼻孔的气息。请注意，这并不代表将目光集中在鼻腔上方或鼻尖上，我们用的不是一点凝视法（Trataka）[iii]。我们要将意念集中在呼吸的流动上，即嘴唇上方、两个鼻孔之间的连接处。当你将意念集中在这里的时候，会发现两个鼻腔的气息都开始顺畅了。这就叫作"结合"（Sandhya），也就是太阳与月亮的结合、左脉与右脉的结合。这时你的心情会非常愉悦，既没有担忧、恐惧，也没有其他能够转移意识的负面思想。然而，练习者对于达到这种状态，并没有太多经验，因此它很难保持，通常不会持续太久。

当你有规律地在早晨和晚上将意念集中在两个鼻孔的中央位置时，会发现大脑很容易恢复到愉悦的状态。你会再次渴望进入这种状态，一整天都期待着冥想时刻的到来。当两个鼻孔都通畅的时候，说明你在用两个鼻孔同时吸气和呼气，这就是中脉觉醒的标志。一旦这种体验能持续5分钟，你就跨过了一个巨大的障碍，这时你的大脑产生了转折，你的意识开始向内集中了。这个练习通常需要2—3个月的时间。

意念

大脑中有意识的部分是我们所有意念中很小的一部分，它们通常在我们清醒时运作。无论是家长还是学校里的老师，我们从小的教育体系中从来没有提供过完整的计划，用来教导我们如何理解并认识意念，尤其是它无意识的部分。而我们从幼年时期开始就被不断培养和锻炼的意念，则仅仅是意念中有意识的这一小部分而已。

大脑中这些有意识的部分，依赖十种感官从外部世界收集信息。其中五种是精细的认知感官（视觉、听觉、味觉、嗅觉和触觉），另外五种是粗放的行为感官（手、脚、表达能力、生殖器官和排泄器官）。

我们中的大多数人，仅仅掌握了极少的用来训练意识意念的能力。而古代的圣贤们却能够通过深入冥想进入大脑内在的无意识领域，并有条不紊地使用它。这些圣贤达到这个目的仅仅使用了非常简单却系统的冥想方法。遗憾的是，大部分人的意识水准比牲畜高不了多少，因为他们不知道如何进入更深层次的意念。这正是因为我们意识不到深深埋藏在自己本性中的宝藏。

想了解意念，我们需要克服许多困难。我们的意念通常模糊不清、充满困惑且不受管教，它总是聚焦于不断运动变化的外部世界。由于意念本身非常混乱，因此对于许多人来说，有时候就连如何准确地认知与评估外部世界的事物都是个难题。而冥想者的学习目的就是净化意念，让它变得专注。他们可以精准地收集感官数据，对事物进行清晰的认知，不会产生扭曲或含混。

有了冥想的帮助，我们就可以训练意识意念养成新的习惯。当你学会丢弃那些无益的习惯和想法时，你就能够转化你的人格了。要学会不受干扰和影响，学会保持情绪稳定，学会专注当下，学会对自己的练习与想法不妄加评判。在接下来3到4个月的练习中，继续有规律地进行冥想，你会有充足的时间掌握管理意念的能力。

有时人们感觉自己已经可以控制意念了，但这通常只是错觉，因为即便他们能够控制大脑中有意识的那部分意念，也无法控制不可知的无意识意念。它非常强大，包罗万象。无意识部分就像一个巨大的仓库，我们的行为、活动、欲望、情绪产生的所有印象都储存在那里。大脑这些潜在的层面对普通人来说仍然是个谜。就算有意识的部分看似平静下来了，从无意识中升起的一个念头（比如一段回忆）也足以扰乱大脑，像一块石子打破平静的湖面。

情绪是一股强大的力量，它通常在意念的湖面之下运转，就像一条在水下穿游的鲨鱼。如果我们不引导情绪，它会搅乱整片湖水。在努力控制情绪的过程中，你要对自己有足够的耐心。如果你不敢审视自己的思考过程，那就犯了一个严重的错误。你应当审视所有的恐惧，这时你会发现，大多数恐惧都是自己想象出来的，荒谬无理。之后你会进行自我反思。渐渐地，你就能在不受干扰的情况下具备检视思维过程的能力了。只有在意念保持清晰的条件下我们才能做好进入三摩地的准备。三摩地是一种深入且高度集中的冥想，它分成很多级别。如果你能够将意念集中10分钟而不受干扰，那么你就几乎实现了这个目标。

那些意识到生命中还隐含着真理的人，那些经历过世上的欢愉却发现这并非圆满的人，他们都会意识到：只有练习冥想才能获得真正的满足感，因为它会产生最高级别的愉悦。冥想能够带来无畏。

冥想的最后一步是安住在静谧中。这静谧只能意会，无法言传。它能够开启直觉的大门，无论是过去、当下，还是未来，一切都会呈现在冥想者面前。

在很久很久以前，一个练习冥想的学生去见一位智者。学生开始高谈阔论各种哲学概念，例如神的本质，但智者却不发一言。学生侃侃而谈，提出了许多问题，可智者仍然保持着沉默。最后，学生很无奈地问智者为什么不回答他的问题。智者笑了笑，轻轻地说道："我一直在回应你，只是你没有在听——神是静谧的。"

在喜马拉雅山区和印度其他地区，我在求学和研修的过程中也遇到过为数不多的一些幸运者，他们十分享受这种深入的安静状态。我也引导过一些准备冥想的人。这种静谧超越了身体、呼吸和意念，平和、喜悦和幸福都源自这种静谧。冥想者视这种静谧为生命的栖息地，这才是冥想的终极目标。

注释

I 《愉悦生活的艺术》(*The Art of Joyful Living*),斯瓦米·拉玛著,书中描绘了如何建立一种愉悦的人生观和如何建立健康的行为方式。

II 精微元素(Tattvas),主要有五大生理元素——土、水、火、气、空间,此外还有其他无数微妙元素。

III 一点凝视法(Trataka),凝视练习,用于加强注意力的集中。

第七章 冥想 Q&A

一个人越接近内心深处,就越接近永恒的真理。道路各不相同,能够帮助你实现内心深处满足感的,就是你要走的。

问:"冥想音乐"为什么对深化冥想没有帮助?

答:音乐是一种外部刺激,它会把你的感官和意念引向外部观察,而不会引向内在专注。一朵玫瑰花或者一首轻柔的乐曲,这些令人愉悦的外在刺激,的确能够起到抚慰心灵的作用,但这并不能将你带向最高层次的内在意识。你可以用其他时间享受音乐,但是不要将音乐和冥想混在一起。

问:那么需要使用香薰或者蜡烛吗?有帮助吗?

答:同样的原因,不推荐在冥想的时候熏香,因为香气或烟雾会造成干扰。如果你想使用它们,可以在冥想前熏香,营造愉悦的环境。但我们建议在开始冥想的时候,就不要再熏了。

晃动的烛光也会让人分神,虽然你的眼睛是轻轻闭着的。如果蜡烛质量很好,不会总闪动,那么可能不会引起过多的干扰。但冥想时你的注意力不应放在蜡烛上,外部光线并不重要。

问:冥想体系和方法有很多,它们之间的区别在哪里?我如何找到最适合自己的方法?

答:所有的冥想体系都是为了帮助学生了解自己最内在的本性。我们可以把这些看似不同的方法,比作是山坡上的条条道路,路上的风景各有千秋,但在山顶的终极体验是殊途同归的。

有些冥想体系会使用曼陀罗来练习,就像这本书里介绍的一样。有些体系则使用其他方法。大部分体系都会要求关注呼吸。无论选用哪种方法,最重要的是坚持下去并定期练习。不同的学生在性格、喜好、能力上千差万别,个人所适用的方法也不尽相同。你可以选择一种方法并坚持练习一段时间,观察一下你对它的反应。

在冥想中仅仅关注呼吸还远远不够。习练者还应学会超越精神领域中的意识，甚至是无意识部分。有些传承可以带领学生达到此境界，而有些方式则仅局限于对呼吸的关注。能够以舒适、稳固的姿势坐好并关注呼吸，这的确很重要，但人类自身也是一种在不断进行思考的存在，我们不可以忽视意念在精神的不同层级。因此，能带领练习者超越意念所有层级的方法，才是最高级别的冥想。我们不是在批判其他冥想方法，只不过有些方法更为完善。

归根到底，练习者必须认清自己的本质，就是意识的源头。精神意念就是从这里分化出不同的层级。整体意识是存在于身体、感观、呼吸和意念之外的。因此，最佳的练习方法应该是全面的，能够清除所有障碍，让我们获得内心最深处的体验。

问：瑜伽不仅有许多技巧，路径也是多种多样的，比如奉爱之路、行动之路，我应该如何选择呢？

答：道路多种多样，各不相同，但是目标只有一个。能够帮助你实现内心深处满足感的，就是你要走的路。逐渐地,你就会了解什么是最适合自己的。

问:我能用闹钟给冥想计时吗?

答:从初始阶段开始,你就应该增强意志力。要下定决心,按时起床,进行10、15到20分钟的冥想。意志力是最伟大的计时员。随着练习的不断进步,你会发现,意念会叫醒你起床冥想。一旦你下定决心在固定的时间醒过来,是不需要外界的计时工具的。

一般而言,冥想本身不需要闹钟来计时,因为冥想与睡眠状态不同,你不会失去时间意识。另外,在一段平静的冥想结束时,被闹钟刺耳的铃声打扰会非常不舒服。如果你担心时间问题,可以在视线范围内放一个钟表来参照时间,或者选择时间不紧张时进行冥想。没有琐事缠身的清晨和晚上,都适合用来冥想。

问:如果腿开始酸痛或者发麻怎么办?

答:当练习者的身体缺乏锻炼时,这样的问题会经常出现。在冥想之前与之后做一些拉伸,情况在几天之后会有改善。如果你仍感到不舒服,或是两脚发麻,可以伸一伸双腿、按摩或拉伸肌肉、换个姿势坐几分钟,等到双腿恢复过来的时候,再回到原来的坐姿。你会发现,定期练习并养成静坐的习惯,持续时间就会延长,而且不会再产生不适感。几个月以后,身体就不会像刚开始那样有不舒服的感觉了。

在练习初期有些姿势是会让人不舒服,因为大部分现代人都不能在地面上持续坐那么久。虽然身体在初期难以调整,会不习惯坐在地板上(任何新的练习开始都会出现这种情况),但这也很正常。当你渐渐适应了自己的冥想姿势后,会感到越来越自然。谨记,千万不要强迫自己的身体,以致出现疼痛感。冥想练习之前和之后的运动,对于保持良好的血液循环非常重要。

问:有时我的冥想很顺利,有时却总是受到干扰。遇到这种情况该怎么办呢?

答:当意念被琐事和欲望占领的时候,冥想体验就会受到干扰。在这种情况下,你应当下定决心,不去理会那些在意念中升起的各种想法。在坐下冥想之前，要意志坚定，将注意力放在呼吸上。这非常重要。无论大脑中出现多少五彩斑斓的想法，都不要为之所扰。如果你能够学会旁观自己的思考过程，不迷失在感觉、图像、想法和愿望中，那么，那些想法无论是好的还是坏的、有益还是有害，都不会打扰到你了。

问：有时身体会发痒，头会歪，还会出现其他症状，比如打哈欠，同时伴随流眼泪和吞咽唾液的欲望。怎么处理这些干扰呢？

答：如果冥想初期出现这些情况，就要确保没有过度饮食。学会让意念免受影响，并对你的身体保持觉察。这些问题很快就会得到解决。

问：冥想的时候我为什么会感到害怕？

答：出现这种问题的人，经常会逃避某些欲望，存在一些受到压抑的想法；还有些人自我逃避，不愿面对自己的思考过程。

事实上，冥想时习练者是安全的。因为一个人越接近内心深处，就越接近永恒的真理，他也就越安全。的确，冥想的时候，我们会意识到脑海中隐藏的各种动机和受压抑的感觉。但练习者应培养内在的坚定，认清它们的面目，然后学会放下它们，这样就不会再干扰自己的意念。只要真诚地进行冥想，定期持续练习并意志坚定，学生们最终都会克服这些障碍。

问：念诵（Japa）是什么？应当如何使用它进入深度冥想？

答：念诵就是在心里不断重复某一个曼陀罗的过程，它帮助自我意念保持对意识中心的觉察，可以在任何时间、地点和情况下练习。练习的最佳方法之一，就是默念。此时舌头是保持不动的。大脑总是习惯于不停地思考，迷恋于世俗万象。让意念系于念诵的练习能有效地抵抗这种倾向。当念诵成为自发意识（Ajapa Japa）[1]时，就能够达成内在的安逸、愉悦、祥和与幸福。如果用心练习念诵，而不仅仅是机械地重复，将会有助于学生达到狂喜（Mahabhava）。

世上所有的修炼体系都会推荐某些特定的念诵。对于冥想习练者而言，这是一种强有力的支持和帮助。念诵的练习中可以使用玛那（Mala），这是一串珠子，跟佛珠很像。或者只是在心里默念。如果你使用念珠，每重复一次曼陀罗，就要拨动一颗珠子。

问：冥想和念诵的区别是什么？

答：念诵就像一个不离不弃的伙伴，陪伴冥想者跨越所有干扰和障碍，达到静谧的状态。静谧是最高级别的成就。在这种状态中，我们体验到完整的意识及内在的自我。这种自我包含一切，也就是真我、宇宙间的真理。

问：饮食和性行为会影响冥想吗？

答：这些因素当然会影响到冥想。我们不鼓励意念时时刻刻痴迷于各种与性相关的享乐。性是在一定年龄阶段的生理和情绪需要，但这种欲望应该得到管理，不应成为生活中最重要的事情。

而关于饮食，冥想练习者最好选择烹调适中、简单、新鲜、有营养的食物。虽然营养丰富的食物都很好,但过度饮食却既不健康,也不利于冥想。饥饿或者饭后都不要进行习练。

问:怎样才能知道自己什么时候需要老师?如何找到老师?

答:当练习者开始观察外部世界,并发现事物稍纵即逝的本质时,就会不再满足于此。他们质疑生命的目的,并试图了解自己内在的状态。通常这类学生会去研究圣人的教诲,正是在这段追寻的过程中,学生会发现自己需要一名向导。过去的老话千真万确:当一个学生极度渴望了解内在的真相,当他赤诚地求索并准备充分时,老师就会出现。

练习者都应该知道,真正的老师是无私的,他们了解学生的意识状态,并据此引导他们。不要刻意寻找老师。要自己先做好准备,老师才会自然出现。那些自私霸道、剥削学生的老师根本不能引导任何人。只有无私、有冥想经验的老师才了解学生是否已经做好准备踏上这条道路。

一位高水平的老师的确是神的恩赐。

我建议学生不要到处寻找老师，而要把自己准备好，观察自己的思想、行动、语言。每一个人都有自己的老师，那就是自己的心。如果忽视自己内在的老师，那么外在的老师也不会有丝毫用处。学会聆听自己的心——这对于走上精神之路是非常重要的准备。

有时"自我"会跳出来误导我们。意念是一个会玩把戏的魔术师，但真诚的习练者可以识别这些内在的引导是源于自己的心，还是源于自我的蒙蔽。我建议学生们向内在的强大真我祈祷，真诚的祈祷总会得到回应。

问：学生如何知道自己是否在进步呢？

答：精神之路上的进步不同于外在世界的进步。内在的进步意味着平和与愉悦的增长——学生不再感到不安或受到刺激。这种内在体验，足以证明练习者在进步。而学生在精神之路上也一定会遇到其他志同道合的伙伴，自然规律就是如此：同类相吸。

问：冥想能治疗情绪问题吗？

答：只要能系统练习，冥想可以成为最高级的治疗方法。练习者逐渐能学会处理问题、面对恐惧和改变陋习。只要坚定、真诚地走下去，每个人都有能力不断取得进步，完全可以处理最为棘手的问题。如果用尽一切努力，你都无法找到内在的平静，那么就将自己交给万物的存在之主吧。臣服是最高级别的解决方式。

问：冥想练习有危险吗？

答：冥想没有任何危险，可如果我们不充分准备，只是闭眼坐在那里幻想，那纯粹就是浪费时间和精力。我们要了解整套方法，一步一步训练自己成为"知情者"。大部分人都知道如何对外在事物进行了解、观察和确认，但探究、寻找和注视内在是截然不同的。因此，系统地学习如何冥想是很有帮助的。

许多老师都声称自己的方法是一条捷径，而其他方法都耗时耗力。但其实是不存在捷径与弯路之分的，道路的长短完全取决于学生的能力、热诚和决心。不要因为这种蛊惑、宣传或鼓吹就动摇,应当根据自己的实际情况安排练习。

问:冥想的深入会有哪些表现?

答:冥想让意念专注而集中,朝向内在。当你学会安排好生活的琐事,不再受到它们的阻碍,并能规律地按时练习冥想的时候,你会发现自己获得了特殊的回报。在生活中,你的大脑会变得敏锐、集中,开始深入更为微妙的层面。这些都是冥想深入的体现。

问:如何增强对曼陀罗的感觉?

答:一开始,只要重复曼陀罗就可以了。然后,当这种习惯成为生活的一部分时,你就会体验到愉悦并爱上这个习惯。当念诵成为生活中不可替代的习惯,你就会受到它的吸引,并在念曼陀罗的时候感受到喜悦。

问:冥想的最终结果是什么?我们应有什么样的期待?

答:书上的介绍都是最终会达到三摩地的状态。但是三摩地有很多种类型,我可以告诉你的是,一位冥想者完全可以达到最高级别的智慧，这时意识不再存有任何疑问，所有的问题都将得到解答，所有的烦恼也会烟消云散。精神上达到的这种愉悦状态可以带来外在的宁静和内在永恒的平和。冥想者时时刻刻都感受到真理的存在，他们毫无畏惧。生命之主存在于他们的每一次呼吸中，外部世界的动荡不安再也无法影响到他们。

问：一个诚挚的学生要花多久才能实现最终目的？

答：这取决于学生内在状态的品质、决心，以及是否可以定时、规律地练习冥想。有些学生对于达到最高水平兴趣盎然，但他们兴冲冲地练习几天就不那么感兴趣了，于是不再练习。因此，能持之以恒、下定决心并定期练习的人，肯定能够更快地获得最高水准。练习者难免会有许多幻想，渴望内在体验，期待出现奇迹。但是，当他们了解到这些都没有帮助的时候，就会主动放弃。他们会跨越妄想的泥潭，跋涉在光明之路上。

注释

1 自发意识（Ajapa Japa），持续、自发地意识到自己的曼陀罗。

னி录A 放松练习

紧张/放松练习

这项练习应在哈达瑜伽开始前3分钟完成。你可以练习几周的时间,或者练习到你的身体、意念在做哈达体式、呼吸练习和冥想的时候能够释放紧张为止。

方法:

采用摊尸式躺好,放松下来,均匀地呼吸。

让面部肌肉产生紧张感,并向鼻尖收缩。然后放松,释放紧张。

轻轻闭上双眼,在接下来的练习中双眼要保持微闭。

缓慢连续地左右摇动头部。

肩膀向上耸起。缓慢还原,放松。

以一种内在的力量微微绷紧右臂,不要攥拳头,不要将手臂抬离地面。不要只把注意力集中在外在肌肉的紧张上,要让你的意念深入肌肉组织。然后,放松手臂,释放紧张。

左臂做同样的练习。

让髋部和臀部紧张,然后放松,释放紧张。

用右臂的练习方式使右腿紧张起来,然后放松,释放紧张。

左腿重复。

从脚趾开始,放松身体,放松脚趾,放松双腿,放松上半身,放松胳膊,放松颈部,放松头部。

整体放松练习

冥想之前集中精力进行放松非常有好处。这类练习有很多。这里描述的方法能够放松骨骼肌,消除哈达体式带来的疲惫和紧张感,让身心充满活力。在练习过程中,让大脑保持清醒,逐步放松肌肉的同时关注呼吸。

这项练习在初始阶段只应持续10分钟,因为超过10分钟意念通常就会分神，你会发现自己已经昏昏欲睡。

方法：

采用摊尸式躺好，双眼轻闭。用鼻子吸气，再用鼻子呼气，呼吸要缓慢、平稳、深入，没有任何噪音、抽动或停顿。让气息自然流动，吸气与呼气之间不要停顿。身体保持静止。

用意念关注自己身体的各个部位，放松头顶，放松额头，放松眉毛、眉心，放松眼球、眼皮，放松脸颊，放松鼻子。完整地呼气，完整地吸气，横膈膜呼吸四次。

伴随着呼气，放松嘴部、下巴、下颌、颈部，放松双肩、上臂、小臂、手腕，放松双手、手指、指尖。感觉呼吸从指尖开始，经由手臂、双肩、面部到达鼻子。然后呼气，感觉气息回到指尖。完整地吸气与呼气四次。

放松指尖、手指、双手、手腕、小臂、上臂、双肩、上背部和胸部。将注意力放在胸部中央位置，完整地吸气与呼气四次。

放松上腹部、下腹部、下背部、臀部，放松大腿、膝盖、小腿，放松脚踝、脚掌、脚趾。

呼气的时候感觉整个身体都在呼气，吸气的时候感觉整个身体都在吸气。释放一切紧张、担心和焦虑。吸气的时候吸入能量、祥和与放松，完整地吸气与呼气四次。

放松你的脚趾尖、脚掌、脚踝、小腿、大腿、膝盖、髋部、下背部、下腹部、上腹部、胸部。将意念集中在胸部中央，完整地吸气与呼气四次。

放松上背部、双肩、上臂、小臂、手腕、手掌、手指、指尖。完整地吸气与呼气四次。

放松指尖、手指、手掌、手腕、小臂、上臂、双肩、脖子、下颌、嘴部、鼻腔。完整地呼气与吸气四次。

放松脸颊、眼皮、眼球、眉骨、两眉之间的眉心、前额、头顶。现在，让大脑关注呼吸的平稳与安静，持续30到60秒。让意念轻轻地、有意识地引领自己平缓、安静和深入地呼吸，不要有任何噪音和停顿。

轻柔地睁开双眼，拉伸身体。一整天都要尽量保持这种平静、祥和的感觉。

附录B 呼吸训练

我们有许多适合初学者的呼吸练习，下面介绍有助于冥想并可以放松身体的横膈膜呼吸练习。

站立完整呼吸——预伸展练习

站立完整呼吸练习能够扩充肺活量，使你精力充沛。练习的时候要用鼻子呼吸，不要用嘴。最好在窗前或者空气新鲜的户外进行练习。

练习的时候为了便于理解，可以先想象在杯中注满水再喝掉这一过程。我们在注水的时候，水面的高度会自下而上升起来。而当我们喝水的时候，水面的高度又会从杯子顶端向下降落。同样，吸气的时候，想象气息从下到上将肺部装满，呼气的时候，肺部从上到下被排空。

方法：

简单站立。

吸气，慢慢将双臂向两侧抬起，不断向上伸展，一直抬到头顶，掌心相碰，呈祈祷式。

伴随着双臂向上，让呼吸先充满下肺部，然后是中肺部，最后充满上肺部。

呼气，慢慢将双臂放回身体两侧。让气息先离开上肺部，然后离开中肺部，最后是下肺部。

重复二至五次。

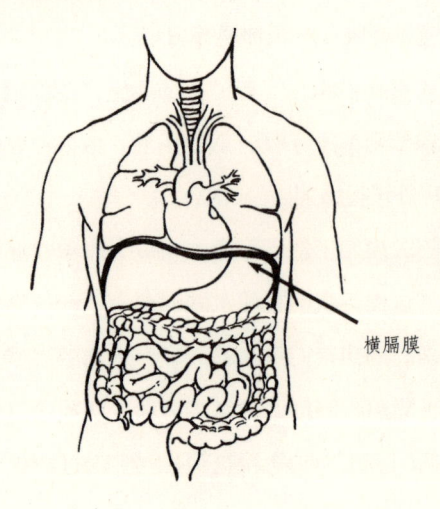

横膈膜

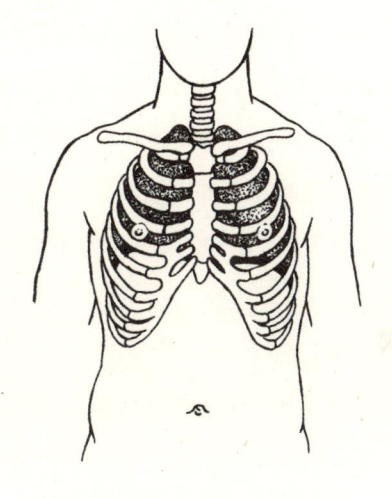

横膈膜和肋骨及内脏器官的位置关系

横膈膜呼吸

横膈膜呼吸的练习可以分三步完成。下面附上每一步的简单介绍及练习方法。

1. 摊尸式仰卧

在仰卧时，胸腔基本上是不动的，而肚脐区域会随着呼吸明显起伏。人们有时称这种呼吸为腹式呼吸。这并不是横膈膜呼吸的最终阶段，但的确能够消除使用胸腔进行呼吸的不良习惯，让我们体会到横膈膜运动的效果。在练习的这个阶段，你可以养成许多良好的呼吸习惯：让自己的呼吸变得深入、平稳、无声且没有停顿。如果要加强横膈膜呼吸，可以在这个姿势的基础上放置沙袋进行练习。

方法：

摊尸式仰卧。用一个薄垫子垫在头部和颈部下方。两腿分开约12英寸，双臂分开离开躯干，掌心向上。

闭上双眼，让身体静止下来。放松胸腔部位的肌肉，直至胸部和肋骨可以稳定。然后，开始观察呼吸的流动。

关注每次呼吸时腹部的起伏。不要刻意将腹部向上扩张，而是要让腹部随着横膈膜的运动自然起伏。横膈膜下降时，腹部自然上升，这就是吸气。而在呼气的时候，感受腹部下降。

每次呼吸结束时保持放松，然后开始下一次呼吸。气息从每一次吸气自然地流动到呼气，中间没有停顿，之后再从呼气流动到吸气，中间也不要有停顿。

呼吸要深入、平缓。不要抽气，也不要试图控制呼吸。吸气和呼气的时间要大致相等。另外，伴随着呼吸的深入和平缓，气息的流动要安静。

最后，要一遍一遍地反复观察呼吸，就好像是身体在呼吸，而你只是旁观。再继续关注呼吸五分钟，之后让意识放松下来。

2. 鳄鱼式俯卧

采用鳄鱼式俯卧的时候，你会注意到胸腔下方的肋骨在呼吸过程中可以自由运动。它们在吸气时打开，在呼气时收回。俯卧时，背部也会随着呼吸起伏。这个阶段的呼吸训练不仅要注意腹部，还要注意体侧和背部，这可以让我们更完整地感受横膈膜呼吸的变化。

方法：

俯卧。

两小臂叠加置于头顶下方，将额头放在手臂上。

双腿可以并拢，也可以分开。脚趾可以向内，也可以向外。放松整个身体。

观察呼吸的流动,在每一次呼吸过程中感受背部的起伏:每次吸气,背部上升;每次呼气,背部下降。

下一步,观察胸腔两侧的运动。每次吸气,肋骨扩张;每次呼气,肋骨收回。

最后一步,吸气的时候,感受腹部贴向地板;呼气的时候,感受腹部收回。

关注身体的呼吸,关注整个躯干的运动,包括背部、胸腔两侧和腹部。保持5分钟的关注,然后随着对呼吸的关注使神经系统和大脑得到放松。

3. 直立坐姿(可以采取任意冥想姿势)

在使用直立坐姿时,腹部和下背部肌肉需要保持必要的紧张,这对呼吸会有帮助。与鳄鱼式俯卧一样,身体的前部、两侧及后背部在练习中会随着吸气扩张。相对于身体腹部的起伏,要将注意力更多地放在下肋部向两侧的扩张上。后背的起伏只要稍加关注即可。

方法：

以冥想坐姿坐直，让身体静止下来。放松胸部肌肉，放松下背部和腹部，保持直立的坐姿。

观察呼吸的流动，感受下腹部随着每一次吸气扩张，每一次呼气收缩。注意呼吸导致的躯干两侧、前侧和后侧的微微扩张与收缩，关注这些部位之间的平衡关系。

坐立练习中的腹部运动没有仰卧时明显，但身体两侧的运动会更加明显。

用5分钟来关注呼吸，然后放松。学会在坐着的时候关注横膈膜呼吸。同时，让想法自由出现，并保持对呼吸的觉察。

– END –

斯瓦米·拉玛

（1925-1996）

20世纪全世界最具影响力的瑜伽大师之一。

出生于印度，曾在喜马拉雅山区修行前后达四十余载，期间跟随多位常年隐居的瑜伽大师生活和学习。1952年前后，拉玛大师来到欧洲学习，1969年又远渡美国。在那里，他将此前四十余年不为人知的东方修行融合西方现代瑜伽理念，创办了喜马拉雅瑜伽研究所，并开始传授他独特的练习方法，成为喜马拉雅瑜伽流派的创始人。

拉玛大师对瑜伽的理解精准又务实，他不强调瑜伽玄虚的一面，而强调真正能使习练者受益的方法和过程，对世界范围内的当代瑜伽产生了重要影响。

代表作：
《大师在喜马拉雅山》、《冥想》。

刘海凝

北京对外经济贸易大学EMBA学位，曾在莫斯科、立陶宛、波兰等地游学。2003年起开始修习瑜伽至今。

冥想

作者 _ [印] 斯瓦米·拉玛　　译者 _ 刘海凝

产品经理 _ 来佳音　　装帧设计 _ 江雪　　技术编辑 _ 丁占旭
责任印制 _ 刘淼　　出品人 _ 路金波

果麦
www.guomai.cn

以 微 小 的 力 量 推 动 文 明

图书在版编目（CIP）数据

冥想 / (印) 斯瓦米·拉玛著；刘海凝译. -- 天津：天津人民出版社, 2016.10（2024.6重印）

书名原文: Meditation and Its Practice

ISBN 978-7-201-10899-5

Ⅰ.①冥… Ⅱ.①斯… ②刘… Ⅲ.①瑜伽派—哲学思想—研究—印度 Ⅳ.①B351

中国版本图书馆CIP数据核字（2016）第238911号

版权合同登记号：图字：02-2016-170

Meditation and Its Practice
Copyright © 2007 by Swami Rama
Published by Himalayan Institute

冥想
MING XIANG

出　　版	天津人民出版社
出 版 人	刘锦泉
地　　址	天津市和平区西康路35号康岳大厦
邮政编码	300051
邮购电话	022-23332469
电子信箱	reader@tjrmcbs.com
产品经理	来佳音
责任编辑	康悦怡
装帧设计	江　雪
制版印刷	北京盛通印刷股份有限公司
经　　销	新华书店
开　　本	880毫米×1230毫米　1/32
印　　张	5.5
印　　数	214,101-219,100
字　　数	79千字
版次印次	2016年10月第1版　2024年6月第36次印刷
定　　价	35.00元

版权所有　侵权必究

图书如出现印装质量问题，请致电联系调换（021-64386496）